GAEA

GAEA

阿米巴系列

400米的終點線

Beyond the Finish Line

天航 KIM——著

400米的終點線

目錄

開端——

繞田徑場一圈是四百米

獅子是強者，老鼠是弱者。

而烏龜是弱者中的弱者，一遇到麻煩事，只會將頭腳縮回龜殼裡。

請恕我孤陋寡聞，我就沒聽說過有哪個黑幫大哥會在自己的背上紋上大烏龜的。

反而，像我這種人，老是被人欺負，臉上總是被畫滿各種烏龜圖案。

「小弟，你穿著校服的樣子……我就是看不爽！我的心裡很不舒服，我要看心理醫生，你會借錢給我吧？」

我是那種一穿上學校制服，就會招惹流氓過來搭訕的學生。久而久之，我已養成了定期捐款的習慣，未等到流氓大哥走近，我就已經從口袋裡掏錢出來。

車廂中、學校裡、明街暗巷……在世上的每個角落，我都只是個不起眼的角色。

我的長相太普通了，家境也太普通了。

不是有人說過嗎？

這是個不公平的世界，有些人自始至終都是成功者，有些人的一生註定是齣悲劇。

人一出生，就站在不同的起跑點上，除非前方的人中邪癱瘓，否則不管你如何拚命，也無法追過一些超前的跑者。

正是這原因，對於覺得自己沒天分的事，我從來都不會費勁去做。

問題是……除了小學時贏過「兩人三腳大賽」的冠軍，我這個人可說是沒有任何專長。

「WORRIED、SO WORRIED」是我的口頭禪。

我總是杞人憂天，恨不得改變現狀，又總是有心無力。

相信這世上很多人的人生和我一樣吧！所以有時自我安慰，我也不會感到太自卑。

我不能像烏龜那樣縮回龜殼裡。

但我可以躲在無人看見我的地方。

每當想逃避現實的時候，廁所就是我的避難所。

我也不想這樣，但我就是這樣子，天可憐見！

□

「看來我眞的沒有運動天分……問大家一個問題：獅子只吃肉，爲什麼不會便祕？答案是……獅子有很強的屁股肌嘛！我今天在廁所實地考察，發現那些跑得快的運動健將，原來都是大便順暢的人，他們的屁股都像霜淇淋機一樣……」

我自得其樂地說出「悠長霜淇淋」理論，闡釋一個成功的運動員應有的大便形態，餐桌對面的同學差點就噴飯了。

「我跑得不快，所以我拉出來的……」

我還有一個叫「顆粒葡萄乾」的理論，只是剛開了個頭，忽然間聽到砰地一聲，桌上的杯盤隨著聲波而抖動，震源就是健泰那灼熱的手掌。

「靠！我受夠了！大爺我正在吃飯耶，你閉嘴好不好？」健泰向我豎起了中指以外的四隻手指，要是我再不住嘴，只怕他就會揍我了。

也難怪他會不高興，因爲他正在吃咖哩飯……

今天是運動會首日，午休時段，我們這種沒訂便當的學生，便要走到運動場外吃飯。健泰帶了我和幾個同學到一家茶餐廳，說是他二叔開的，味道很好，非去不可。

店面有夠破爛的，位於冷巷，要不是健泰說給我們預留了雅座，我們也不會進這種破店。大家一坐下來，就見到一隻大蟑螂在牆上橫行爬過，剎那間大家的臉色都在發青。

「有什麼好驚訝的？味道一流的餐廳沒蟑螂才奇怪呢！」健泰豪邁地坐下來，抓住蟑螂的觸鬚，一手甩了出去。他一轉頭，就向遞茶來的二叔拍馬屁：「二叔，廚房裡的蟑螂還是那麼多嗎？證明你廚房火候夠強，生意夠旺！」

大家雖在陪笑，心裡卻同時咒罵健泰這個混蛋。

他這傢伙也太愛現了吧！頸上掛著早上贏來的金牌和銀牌，哪有人這副德性到外面吃飯的！

有別於我這個悲觀派的自閉主義者，健泰是個樂觀外向的陽光少年。當他露齒微笑的一剎那，牙齒白得閃閃亮亮，眞懷疑他是不是自小就喝漂白水來代替牛奶。

我這個朋友雖然自大，但他的運動神經眞的很發達，一年一度的運動會就是他出風頭的時刻。聽說班上有幾個女同學對他芳心暗許，幸好都是醜女，要不然我會難過得想死吧……

這世界眞是不公平！

我明明常常做善事，但我的命就是這麼苦，長得不夠高，頭腦又不是特別好，更可憐的是四肢不協調，具殘疾人士特徵，體育老師早就點評我不是當運動員的料。

一生照過的相片中，沒有幾個「POSE」，有時候擺出「V」字手勢，已經是我畢生最有創意的壯舉，這說明了我是個悶人。

我這個悶人，平日就是愛發牢騷：

「運動會眞是無聊透頂！要學生留在看台上看比賽，一離開看台就有風紀攔路，不准過去鄰隊找朋友，又不准隨便上廁所！我坐了半天牢，悶得快生蛋了……」

「午飯後回去有好戲看，就不會悶了。」健泰想起了什麼似地，對著我怪笑。

「有什麼好戲看？」

「你不是參加了八百米的比賽嗎？我想看看，一個去年全年級體育最低分的人參賽，運動會會不會因爲他而延遲閉幕……」

可惡的健泰……他爲什麼會知道？我一直爲參賽的事深深後悔，本來打算在無人察覺之下棄權的，想不到還是走漏了消息。

「我今天狀況不太好……況且啊，比賽只在乎參與，和其他對手握握手、交朋友，就算我跑得慢又如何？」我很努力地反駁。

「體育精神？哈哈，你也有夠虛僞的！我問你，你是不是被那班橙隊的中一〔註〕小妹妹纏著，才色迷心竅地報名參賽？追根究柢，是因爲你好色！」

我穆子晨豈是好色之徒？哼，要是我不當健泰是朋友，我肯定會備案控告他誹謗。

「呆子！你要是重視體育精神的話，待會兒別想著逃啊！」健泰一副看扁我的態度，實在令人不爽！

「全班同學都在等著看你出醜……班長當勞帶了專業的攝影器材，說要爲你拍攝特輯……」同

註：香港學制與台灣學制不同，是6—5—2制（小學六年、中學五年、大學預科班兩年），其中中學前三年相當於台灣學制的國中，中學第四年至第五年則相當於高中，全在同一所校舍上課。

學乙也來插上一句話。

「全班同學都知道了？」我大驚。

健泰等人嘿嘿地笑著，一同不懷好意地盯著我。

我在其他人眼中只是一個丑角？

WORRIED、SO WORRIED……我總是這麼懦弱，總是不懂拒絕人家。儘管我今年是中二生，接觸女生的經驗依然少之又少，被她們碰一碰，我就會變成赤面先生。我連和中一的小妹妹談話都會膽怯，又怎會有拒絕她們的勇氣？所以，就在那張參賽表格上簽了名……

我怕這一個下午將會爲我的人生留下不可磨滅的污點……

□

飯很快就吃完了，因爲大家都不太敢動筷。

我沒試過吃一頓飯要用到金睛火眼的。某位友人更慘，他點了豉椒肉排飯，吃到一半，望見服務生將一隻死老鼠扔進垃圾桶裡，然後他呆望著眼前那盤飯，覺得那些豆豉就像是老鼠的……

離座的時候，我們各自又踏死了一隻蟑螂。

茶餐廳雖在運動場附近，卻要繞一大段曲折的山路方可到達，上上下下，也不知道走到哪裡去。結果健泰害我們遲到，趕不上中午點名。

「什麼呀？幹嘛瞪著我？遲到是一種人生體驗，沒試過遲到的人，我看根本就是枉讀中學呀！」健泰又提出他那些笨蛋歪理，死也不肯認錯。

依照各年級班別點名之後，學生聽訓導主任再說一大堆話，接著就由風紀帶領各班學生分開四隊入座。對，我們學校分成四大隊：紅、橙、藍和綠。運動服上的校徽同樣有四種顏色，每逢一年一度的運動會，各隊的人都會爲自家的運動員打氣……當然有時看見鄰隊的運動員是美女，也會出現只顧著幫外敵喝采的情況……

如渠灌水，轉眼間，看台上坐滿學生。

運動會首日下午的比賽即將開始。

健泰和我同屬橙隊。

今年的隊長愛搞怪，爲了提升士氣，竟在午後向隊員發送橘子。

我坐下不久，就聽到廣播：

男子初中組八百米決賽，第一次召集——

我的屁股完全沒有離座的衝動，只要順利的話，就可以故意忘記參賽，倘若有人問起，我就裝作聽不見廣播好了……

「穆子晨，你是穆子晨吧？」

我正想剝開橘子皮時，就聽到有人叫我，仰起頭來，竟發覺自己已被四個女生團團圍住。

「根據我們的記錄，你參加了八百米的比賽。」她們就是當時逼迫我在參賽表格上簽名的中一學妹。

「我肚子有點不舒服……」我說得有點結巴。本來我想用昨晚便祕的事來當藉口，但在少女面前還是不要說出這種話比較好……

就在我告訴她們我打算退出比賽時，我才察覺氣氛相當不妙，她們好像根本不相信我的爛藉口，只用滿懷敵意的眼神瞪著我。那八隻眼睛彷彿會說話，向我暗示，要是不參賽的話，我一定無法活著離場……

「你退出的話，會扣分的。今年橙隊和綠隊競爭相當激烈，可能只是一分之差就決定誰是全場總冠軍……就算是用爬的，你也非爬到終點不可！」

我心裡直打哆嗦，正自遲疑不決，耳邊就傳來健泰的聲音：

「嗨！你還在這裡幹嘛？一起去更衣室吧！」

健泰把運動袋攏在肩上，瀟灑地走下來，露齒朝我身旁那些妹妹一笑。他今天幫橙隊進帳了不少分數，啦啦隊的妹妹自然對他禮數周到，異口同聲，前一句大哥，後一句帥哥……原來她們也有可愛的一面，嗚，這世界對我太冷酷了。

我逃不了，便從背包裡拿出個「菜市場牌」的塑膠袋。實不相瞞，這塑膠袋本來就是買菜時送的，今早趕著出門，我根本找不到個像樣的袋子，只好用它來裹住我的運動服。

「喂，朋友，你這個造型很噁心。」

被健泰這樣一說，我也覺得自己的打扮頗寡酸……但要是不參賽的話，恐怕我就會離奇倒斃在看台上……

我畏首畏尾地跟著健泰竄進更衣室。

「你穿白布鞋跑步？跟不上時代啊！」健泰向我展示最新款的彎刀牌跑步鞋，黑面鑲銀邊，底部還有氣墊，襯得他氣宇軒昂。

甫一換好運動服，就聽到更衣室裡的廣播：

男子初中組八百米決賽，最後一次召集——

WORRIED、SO WORRIED……比賽即將開始。這下可糟透了，我還沒有足夠的心理準備，感覺鞋帶隨時會鬆脫，內褲忽然就會掉下來似地。

勇氣的能量計尚未儲滿，我便戰戰兢兢地走出更衣室了。

□

我向橙隊的隊職員索取號碼布，一看見號碼是「１４４４」，就知道今天一定霉運當頭。

眺望眼前，湛藍的天空下有片綠油油的草地。方形的綠地圍以深紅色的ＰＵ跑道，就像一環包著一環的甜甜圈。而在起跑線附近，有一群人聚集，應就是八百米賽跑的參賽者。

負責召集的工作人員開始點名和收取學生證。

根據校際賽例，應該是按照參賽者的出生年分來分組。但我校的運動會籌委都比較懶，只分兩組，初中是初中組，高中是高中組。我是中二級生，但今天來參加八百米跑的竟然大都是中三級生，令我忽然覺得好像被老天爺擺了一道。

WORRIED、SO WORRIED……看看身邊，全都是比我高大的傢伙。

我用別針將橙色的號碼布別在運動衫上。

踏入田徑場，我想著的是絕對不可能獲勝的事，而是怎樣在不太窩囊的情況下抵達終點。

八百米賽跑的起點在彎道之前。

參賽者不分線道，成群集結在起跑線前，有心爭勝的人，也會在這時爭個好位置。

READY！

我被其他人擠到了後面。

SET！

嗶——鳴槍發出巨大的聲響，一眾跑者起步。

前面的健兒就像注滿燃料的火車頭，一群怒漢豁勁，齊齊擠向內側彎道，雙腿就像咯吱咯吱的車輪。入彎前還是亂成一團，出彎後健兒恰似軍人步操，一個接著一個，一步疊一步，只在同一條線道上奔跑。

還沒弄清楚是怎麼一回事，我就被逼跟著一大夥人的屁股跑。

起初還抱著慢慢跑的心態，臨場才發覺節奏快得教人喘不過氣來。我一開始就跟不上，一路落後，從頭至尾就只有我背後沒有人——說難聽一點，我就是最後一名。

我滿頭大汗，連眉毛也融掉似地，千辛萬苦才追近前面那個倒數第二的。那胖子看起來明明是頭豬，但爲什麼我比他更不濟呢？

嗄、嗄……只是跑了一段路，爲什麼已經生不如死？

轉入彎道、離開彎道、走入直路，終於繞了一圈回來。

一圈好像是四百米，就是說，尚餘一半。

我的賤命也只剩半條。

要知道我這種平日不做運動的，一做運動就會四肢痙攣，心肝脾肺腎顛倒過來似地。我肯定，十分肯定，我的胃快要翻過來了，快要將中午吃的東西吐出來了……

剛開始時，還有追過前面的念頭，曾想過跑個倒數第二來遮醜。

現在，連抬腿也吃力，這種感覺眞教人氣餒。

前面那個倒數第二的胖子回過頭，朝我笑了笑，鬆了口氣的樣子……我很生氣，但我的鬥志值愈來愈低，連追也不想追了。

很辛苦、很辛苦……爲什麼我要在這裡？意識模糊之際，連前面那人也漸離開我的視野。

不知不覺，已跑完了四分之三，好像已經有人衝線了，歡呼聲彷彿在另一個次元空間裡。

我終於撐不住了，停下來歇息一會，吸了大大一口氣，然後再度抬腿，趁自己還清醒的時候完成最後一百米。

拐過彎角，才發覺終點實在太遙遠。

倒數第二那胖子也衝線了，跑道上只剩下我一個。我使盡吃奶的力，喘不過氣來，明明看起來那麼短的距離，怎麼就是跑不完？離終點還有六十米，聽到從看台傳來的喝采聲，全場觀眾竟然爲我打氣。

我拖著發麻的腿，一步一步地向前邁進。

「呆子神，千萬別死呀！」

「呆子神，我的眼淚都要飆出來啦！」

「呆子神」是班上同學對我的稱呼，眞是有夠難聽的。

我眞是命苦……

終點就在前面，正以爲快要得到解脫的時候，我的左右腳突然不協調，兩踝相交，以一種狼狽至極的姿態向前跌倒。

哎喲！

只是跌倒還好，我竟然撞歪了嘴，嘴唇爆血，滿口都是紅膠粒的味道。

我匆匆站起來，不敢望向觀眾席那邊，拚命地衝向終點。

「哇！這小子還有力氣跑這麼快！」

的確，我跑出了今天最快的速度，跑那麼快是爲了不想被人看見我的窘態。

只要可以到達終點就好了，哪怕我的姿態有多麼丟人現眼。

一到終點，我就變成「趴地熊貓」，直挺挺地趴在地上。

「啪啪！啪啪！」竟然還有不少同情的掌聲。

斷氣了——

「做得好！」路人甲扶我起來，拍一拍我的胳膊。

「慢慢喝，不要太急。」某位仁兄給我一杯清水。

「今天沒人受傷，你是我們的第一個客人呢！」有個學姊扶我到急救站。

這位穿著紅十字會制服的學姊喚我坐下，我感受到她興奮的心情，她似乎很想展露愛心，照顧受傷的運動員，偏偏今天沒有傷者。

「哎呀！我不小心把消毒藥水倒滿你的膝蓋……」

「……」

「對不起哦！我用紙巾幫你擦乾淨。」

這時我定眼一看，才發覺眼前這好心的姑娘是個美人兒——漂亮的眼眶裡裝著烏溜溜的眼珠，笑起來就像兩顆夜明珠，晶瑩玉白的皮膚是一層薄膜，色如薏米水，長髮過肩，戴著小耳環，美得令人痴呆，美得風華絕代。

她……她她她……簡直是從天而降的天仙姊姊！

我的心怦然跳出來了。

天仙姊姊挨近我，手指夾著繃帶和膠帶，垂著頭專心處理我的傷口。有幸被她這樣的仙女服侍，眞不知人生要折壽多少年。

茉莉秀髮花香濃神，芙蓉美目水澄顛魂——

我彷彿醉了，感覺猶如置身仙境。

「好了，包紮好了。」她再對我笑一笑。

我的意識飛出了身體，與藍天融爲一體。

「佩兒，妳又拿傷者當實驗品啦！包得很差勁呢！」急救站的值班老師說。

「才不是呢！你到底有沒有眼光呀？」天仙姊姊天眞兮兮地轉向我，嘟著嘴問：「告訴大家，你覺得我的包紮技術怎麼樣？」

我望望膝蓋那團包得像怪粽的繃帶，僅能吐出一個英文單字：「PER……PERFECT！」

「耶！聽到了吧？」她歡聲大叫，眞的像大姊姊般撫著我的頭，又說：「小朋友，說眞話的人會有好報。」

我頓時變了赤面先生，紅紅熱熱的，像發燒的感覺。

回到了橙隊的陣地，我還迷迷糊糊的，回不過神來，一想起方才在急救站裡的經歷，便不能自制地呆呆笑著，以致旁人誤會我跌壞了腦袋。

「傻子，春風吹來了嗎？你在淫笑什麼？」健泰也回來了。

「沒有……沒有什麼。」我慌忙掩飾。

「喂，替我好好保管！」健泰一邊把剛領到的銀牌拋向我，一邊說：「我還要參加四乘四百米接力賽。」

眞羨慕健泰！他這天生的運動健將。

走不了幾步，健泰別過頭，陰森森地笑著，對我說：「呆子，班會決定下星期一幫你辦首映會。」

「什麼首映會？」

「不就是你光榮完成八百米的影片！」

原來是在譏諷我。我不答話了。世界就是這樣，再沒有人欣賞你堅持完成比賽的崇高品德，只要你吊車尾，就會被人奚落。慘了，當時我跌得那麼難看，明明是最後一名，還博得那麼多掌聲，之後一定會成爲同學的笑柄。

WORRIED、SO WORRIED……我一直在瞎擔心。

比賽依然在進行，偷偷在暗角賭博的同學繼續賭博。就在一片喧嘈聲中，運動會首日結束。

解散後，我馬上趕去車站，一見公車就上，生怕碰到熟人。

那個晚上，我沒有拆下天仙姊姊替我包紮的繃帶。我輕輕地撫著傷口上的棉墊，白布纏繞著我的思緒，夢的織布機開始編織著夢兒，把今天發生的情節延續下去——

□

學校的運動會接連舉行兩日，所以第二天又有機會看見天仙姊姊。

我在橙隊的看台往下望，勉強見到天仙姊姊的半張臉。今天的她穿著運動服，風姿超過了我所能想及的全部形容詞，即使我將來成了文學博士，也一定找不到適合讚美她的詞句，她絕對有可能成爲外星人侵略地球的目的。

既要偷望她，又要擔心旁邊的人發現，我就這樣折騰了半天。

好！呆望了半天，我終於鼓足勇氣跨下樓梯，朝著她的方向邁步，但膽小症卻忽然發作，腳步不聽使喚，轉了個三十度角，走到男廁門口，站在飲水機旁排隊，佯裝想喝水。

還是算了吧……

在我深深嘆息的時候，她看過來，發現了我。

「是你呀！」天仙姊姊走近。

什麼？眞的嗎？竟然！她竟然還記得我！

「我……我……我……」我整顆心在抖動，緊張得說不出話來。

她豎起耳朵，眼睛往上看，在聽什麼廣播似地，然後扯著我的衣袖，我倆便一同靠近跑道旁邊的欄杆。

心情如被大風吹起的紙飛機，在白雲間飄呀飄——生平第一次被女孩子扯著走，而這個人竟然是天仙姊姊。

她興致勃勃地告訴我：

「留意！這是今天最精彩的賽事。」

「現在進行什麼比賽？」

「男子高中組四百米決賽。」

天仙姊姊和我把視線傾注在田徑場上。

男子四百米決賽進入尾聲。

一眾運動員即將進入最後一百米的直線衝刺。

最前面的一個男人身子直挺挺的，穿著藍色釘鞋。他的鞋，乃至於他整個人，都散發著耀眼的光芒似地。

這時他已領先其他對手一段距離，率先離開彎道。進入直線後，他再度加速，猶如踩盡油門的超級方程式跑車，帶著千乘萬騎的氣魄，蹬蹬蹬，飛一般地急奔，向終點衝刺。

至少超前了四十米！

後方的對手連想吃他鞋跟上的沙塵也做不到了。

英雄式的衝線，滿場的掌聲頓時籠罩住他整個人。

時間為五十五秒三三。

「YAHOO－！」天仙姊姊興奮大叫。

「他超厲害啊！」我也忍不住發出讚歎。

「當然啊！他叫袁學琛，是我們藍隊去年的隊長！他不只運動頂呱呱，還很有領導才能啊！太多女生將他當成夢中情人了，儘管他這個人有點冷酷……」

哦！原來天仙姊姊就是傾慕這種男人。

喉頭像是被濃痰卡住。我悶悶不樂。

就是喲！只有那種希臘神像般的人物，才值得天仙姊姊欣賞。我是個老鼠人物，既沒有運動細胞，又不夠高大威猛，要走可愛路線又有點勉強，怎可得到她這種脫俗的仙女青睞？

只要她偶然向我瞟上一眼，我就應該千恩萬謝。

運動會結束，頒獎典禮開始，袁學琛取得三金的成績，榮獲本屆男子高中組個人總冠軍。他今年才中五，卻已打敗中六和中七的學長，足見他深不可測的潛力。

健泰的成績也不俗，替橙隊取得接力賽的兩面銀牌。

唉，我這個吊車尾的人根本沒有論英雄的資格。

離開會場的時候，我問健泰：

「健泰呀，練田徑辛苦嗎？」

「對我來說不算辛苦，對你來說嘛，搞不好會猝死吧。」

「跑一圈即是跑了四百米嗎？」

「白痴！你不是連這個也不知道吧？」

「哦……繞田徑場一圈是四百米。」我喃喃自語。

驀然，方才運動員奔跑的動作重現腦海，他們在徑道上拚命衝向終點的神采令我覺得他們背上彷彿有對翅膀，一對可以飛起來的翅膀。

我也很想，背後長出那樣的翅膀。

ch1

穿上八號跑鞋，奔馳！

我有一台小小的織夢機
每天都在編織著夢兒
雲朵是布料
太陽能發電
漫天遍布愛的藍緞子

01

在我中二那一年，我仍是個渾小子，腦中有很多傻乎乎的想法。

就在這一年，我遇上了我的天仙姊姊。

自從與天仙姊姊邂逅之後，我腦海裡就有了她的芳影留連，我的步履就有了追隨的目標。

可笑的是，我連她的仙姓大名都不知道，但我竟然這樣就喜歡上人家。我可不是色情狂，但自那一刻她出現在終點，挽著我的手臂，一種當時我無法理解的感覺就在我內心深處醞釀。

一轉眼，一瞬間，我心中就冒起一個想法：

「她就是我夢想中的女神！」

不過，想一想也合理，一個天仙下凡的美女，自然是人見人愛，要是我對一個怪物下凡的醜女一見鍾情，這才是大問題哩。

雖然我沒戴眼鏡，但我自覺有檢查眼睛的必要，我的眼睛一定是哪裡出了毛病，學校裡有一個大美人兒，我竟然遲至今日才發覺，要不是瞎了眼，不然怎會一直看不見她呢？

我曾想過，我用了前輩子積來的福氣，就是爲了在這輩子多望她幾眼。

拜倒在天仙姊姊的石榴裙下，也就只盼她多望我幾眼。

中二時的自己是什麼樣子？我的記憶漸漸模糊了。

只記得自己的髮型很奇怪，是在全區最便宜那家理髮店裡剪的，我爸會帶我光顧的原因，就是因爲那裡有很多兒童不宜的雜誌。我是晚熟型的，一直到我開始注重自己的儀容之前，我從沒用過梳子，有時眞要梳頭的話，就會用洗淨後的魚骨。

這樣的我，在班上自然不會成爲女同學暗戀的對象，即使在路上，連流浪狗也不會向我盯上一眼。

「呆子！嗨啊！你又揹著你那個四四方方的『哆啦B夢』書包上學去？你眞的是中學生嗎？怎麼你還是沒有進化？」

健泰老是取笑我的穿著打扮。他愛用「沒有進化」、「不先進」這種字眼，解作趕不上潮流、落伍的意思。

在上學的路上，我碰到不少跟我穿著相同校服的人，有的一直只是陌生人，有的就會成爲陪我成長的好友。

健泰是後者。

雖然我沒有明說，但我迷上天仙姊姊的事，他算是最早察覺的。

「呆子，你最近的笑容很噁心呢……運動會之後，你就一直魂不守舍的，有時我偷偷摸你大

腿，你也沒有知覺呢……你是不是跌傻了腦？」

健泰就是這樣子，看你不順眼，馬上就會直言不諱。

我承認我最近無故傻笑是很失禮，但比起他經常無故挖鼻孔的行為，我相信我的笑容才沒那麼噁心呢！

「討厭的學校，我要進來了！」健泰一來到學校正門，就打了個大大的呵欠，自說自話。

為期兩天的運動會閉幕之後，隔著一個週末，今天終於要回學校上課。

那陣子，無論校舍上的陽光多麼燦爛，我印象中的教室仍是晦暗的。我說，教室裡的燈管亮度不足，健泰就說，今年的女同學都像風中殘燭，令他提不起勁兒上課。

甫一踏入教室，我就感受到同班同學投過來的奇異目光。

WORRIED、SO WORRIED……我的頭髮很亂嗎？又或是做錯了什麼？

這時，我望向蓋住黑板的投影白幕，正在放映的竟是當天的八百米賽事，而鏡頭追蹤的對象就是我。

螢幕上的那個我，面容扭曲、屁股飄忽不定、跑姿娘娘腔的……倒數第二的老兄衝線了，那個我還在老遠的地方，像個大白痴一樣……我多麼希望那個人不是我，但那個醜態百出的跑者偏偏真的是我。

影片的高潮就在我跌倒的一刻。

趴趴趴趴趴，畫面加入了特別效果，我狼狽跌倒的動作連續被重播五次。

同學大笑。訕笑聲淹沒了我。

「哈哈！我感動得快哭了啊！耶！穆子晨同學，你眞是了不起呢，最後一名的掌聲比第一名還要多呢！」

班長當勞和幾個男同學走了過來，他們把運動會用剩的彩帶撒向我。還有幾個女同學湊近我，喊了我幾聲大哥，忽然獻殷勤，替我拿書包，令我感到怪不好意思的。

我的臉紅了，紅得像猴子的屁股。

「子晨大哥，其實我對你傾慕已久，尤其欣賞你跌倒時的優雅姿勢……爲了讓更多人看到你跑步的英姿，我已將這段影片上傳……你已經是本校的名人囉！」

當勞的笑聲在我耳邊縈繞，他大笑的時候，嘴巴大得可以放下一個拳頭。因爲他姓麥，英文名是「DONALD」，其他人就索性叫他「麥當勞」，簡稱「當勞」。他這個人嘴大，我覺得不好看，但女同學居然覺得這一張嘴性感……當勞是班上的風雲人物，運動神經一流，上星期的運動會，他就囊括了兩金一銀，稱霸初中組，成爲「男子個人全場總冠軍」……所以有女同學迷戀他也是理所當然的吧？

「子晨哥，請你發表感想，成名的感覺怎樣？」

當勞連老師的麥克風也拿來玩了。

全班同學一同望著我。我垂著頭。

「你迷死不少在場的女觀眾。你那種不屈不撓的精神及毅力，值得我們向你致敬！」

當勞接著拿出一大串金銀閃閃的獎牌，掛在我的頸上。據說他在班上有一位「正室」，在隔壁班有兩位「寵妾」，他今天帶獎牌回校，就是要送給她們。

脖子是我的，卻變成了他那些戰利品的展架。

「你不要再取笑我好嗎？我有自知之明……」我再也受不了了，向當勞討饒。

「呵呵，你楚楚可憐的樣子真可愛啊！」他撫了撫我的頭髮，哄堂大笑。

在當勞身後，他的同夥在我書包上塗鴉，各人手執幾枝粉筆，把藍色的「哆啦B夢」畫成血淋淋的怪物，寫上許多不知所謂的英文字母，又F又C又K的，說是英國的著名時裝品牌。

「你們在幹嘛？」我忍不住出聲了。

「你是八百米的英雄嘛！當然只有獨一無二的書包才配得上你。」當勞解釋。

我不發一言，奪回了書包，只想盡快回到自己的座位，低著頭走過當勞的身邊。他這傢伙卻突然伸出一腳，我差點就被他絆倒了——要是我來不及抓住椅子的話。

「你又想表演跌倒的神技嗎？哈哈！」

他們捧腹大笑，如一隻隻想吃掉我的猙獰野獸。

其他同學附和著笑，但開始覺得悶了，便不再多管閒事，看書的繼續看書，抄功課的繼續抄功課。

我表面裝作若無其事，拿紙巾沾點水，大力擦，自顧自抹去書包上的粉筆痕。

老實說，當勞拿我的糗事作笑柄，這種事大家都已經見慣了，早就愛理不理，我也不該太過介懷……

「忍耐是美德，我實在不想鬧事呢！」

我一直告訴自己，對於別人的惡意欺凌，不反抗就是最明智的決定，要是寡不敵眾，我就會被整得更慘——無論這個解釋多麼合理，但我心中清楚，真正的原因是我太懦弱了。

在中二那個教室中，留下了一些令我痛苦的回憶，那可是我人生中一段相當晦暗的時光。

健泰也不是不想幫我，而是當勞和他的關係也不差，其實我們三個從小學開始就是同學了。可能在健泰的眼中，只要當勞等人沒動粗，也只是無傷大雅的惡作劇。

當天，我以為他們對我的欺凌已經夠了，沒想到更變態的還在後頭。

02

十一月天，秋冬遲遲未到，天氣依然酷熱得很，坐在陽光曬過的石板凳上，屁股就會有著火的感覺。

午後，有體育課。

「今天體育課我們做體能測試！繞操場跑一萬圈！哈哈！」體育老師黑加侖子瞎扯一通，還真的有幾個同學嚇了一跳呢。

「嘿嘿嘿，雖然運動會剛剛結束，大家都累透了，但這個星期要做體能測試，中二級所有學生無一倖免。大家繞著籃球場跑，每跑兩圈便取一條橡皮圈，十五分鐘後結算成績。」

幹！兩班男同學都發出哀怨聲，幾位勇猛的豪傑暗暗對老師做出不雅的手勢。

我們和隔壁班的男生一起上體育課，總數四十人。

聽完老師的預告，大夥兒便攜著裝著衣物的紙袋，往更衣室出發。

不知女更衣室是怎樣的呢，男生的更衣室總是臭氣沖天。我將褲子和襯衫掛在掛鉤上，身上只剩一件汗衫和內褲了。這時我才發現，最近都魂不守舍的，竟然忘了今天有體育課，穿了條熊貓牌大紅三角內褲來。

當勞一夥人發現了，圍攏著我，讚不絕口：

「英雄即是英雄，穿上這麼獨特的內褲，果眞是前無古人，後無來者！」

我不甘心被揶揄，小聲反駁：

「這款內褲的彈性很好，前陣子大特價，老媽幫我買的時候，白色的剛好缺貨……」

「哈哈哈！」他們一同大笑。

旁邊的健泰湊過來對我說：

「要不要買名牌內褲？我的六叔是內褲專賣店的店長。友情價，八折！」

我猛地搖頭，我太熟悉健泰的爲人了，他的建議往往會令人遺憾終生，聽了沒有好結果。

突然，我的內褲被人扯下了。

變故突然，我立刻用雙手掩住重要部位。

「你……幹嘛？」我別過頭，瞪著嬉皮笑臉的當勞。

「你不知道嗎？脫掉內褲會減輕你的重量，令你的身體更加輕盈和有曲線，跑起來特別舒適、暢快。」當勞解釋。

「而且有助散熱。」某人補充。

「嘻，是嗎？」我笑著回應，快快轉身，穿上運動短褲——笑臉迎人的背後，我的心裡很難

受。

內褲在當勞他們手上，那是搶不回來的了，接著我被人推出更衣室，從室內走到室外，感覺「坦蕩蕩」，如身陷「無重力狀態」。

生怕碰見由女子更衣室出來的女同學，我迅速跑到操場的集合地點。

WORRIED、SO WORRIED……下面涼颼颼的。

人齊了，熱身了一會，就要開始跑了。

「現在開始計時！GO！GO！」

黑加侖子老師一聲令下，全部同學沿著籃球場的邊線起跑。

一張桌子擱在籃球架那邊，上面擺著四盒橡皮筋。同學每跑完兩圈，就伸手在桌上拿一條套在手腕上，以此記錄成績。

「八百米大英雄，是你表現的時候了！」當勞說。他正緊貼在我身後。

我體能不好，落在人堆後頭，當勞等人跟著我跑，必然就是有企圖。我這麼想的時候，屁股突然被人捏了一下。

「我們來幫你跑得更快吧！苦楚就是最好的激勵，有聽過這句話嗎？」

變態啊！被人捏屁股的一刻，我真的快跑了兩步，一慢下來，又被什麼人揉了屁股一下。

接二連三，三五成群，針對我的屁股……他們眞變態！他們輪流揉我，逼我加快速度，沒了一層內褲的保護，眞是痛死了。

WORRIED、SO WORRIED……

恐怕未跑完全程，我的屁股已經爛掉。

我望向體育老師那邊，希望他會來救我，但這時他正專心盯著手上的寫字墊板……那上面應該夾著一份馬報吧？今晚是賽馬日，他正關心比賽的賠率，是沒空來救我的了。

當勞一夥六人，都跑得比我快，他們每繞完一圈回來，都會盯著我的屁股不放。

一圈。兩圈。三圈。

我的屁股上就有了十八個指痕。

說痛也不是眞的很痛，只不過是些皮外傷，倒是心靈上的創傷比較大呢，幸好我從小就是個逆來順受的人，反抗不了的話，就只好嘗試享受……

健泰經過我身邊時，沒有捏我，只是拍了拍我的肩膀。

後來當勞和健泰鬥爭拿橡皮筋的數目，其他人留心觀戰，便沒有再整我，戰果好像是健泰勝出半圈。

好不容易才挨過十五分鐘，我已累得上氣不接下氣。

趁無人注意，我便按著傷痕累累的屁股，溜到男子更衣室，尋找我那條失落在世上某處的熊貓牌內褲。

就在一角，我拾回我的內褲。穿上它的那一刻眞是感動，重獲一種實實在在做人的感覺。

唉，體育課還未結束，但我不想出去，對我來說，這裡就是最好的避難所。

正當我孤苦無助嘆息時，門外出現了一陣腳步聲和談話聲。

然後有幾個人進來了。

03

男子更衣室與男廁是相通的，中間有一道隔門。

有人進來了，尿聲、水聲、沖滌聲擾攘一番。

我躲在牆的另一邊，所以廁所那邊的人不曉得我在場。他們嘰哩呱啦地聊天，聲音傳到我耳裡，我認出是當勞和他的同夥，本來也不在意，但忽然間聽到自己的名字，心中不由一震。

「哈哈！那個大白痴呆子神，以爲自己眞的是大英雄呢。」

「班上的女生都討厭他呢！你瞧他那副德性，像從鄉下出來的，都唸中學了，還留個髮尾平齊的髮型，噁心死了，眞想拿剪刀剪他幾下。」

「對了，當勞，聽說呆子神是你的小學同學啊？」

「什麼同學？你用錯詞了，從小學開始，我一直只當他是我的跟屁蟲！偶爾當他是玩具玩玩也不錯。」

「玩具？哈，你太壞了。他哪裡惹著你了？」

「哼，他太不識相了，將我小學時的糗事抖出來，他以爲跟我很熟啊？不給他一點顏色看看我也太對不起自己了。」

我聽到當勞那種聲如洪鐘的笑聲，心裡難受得很。

「他這種老鼠角色，無論怎麼練習，也不會跑得快的，垃圾就是垃圾！」

「健泰，爲什麼你可以忍受他？」

「我也很厭惡他的哆啦B夢書包和菜市場塑膠袋，非常不先進！」

眾人七嘴八舌。想不到連健泰也在他們之中插上幾句，說我的壞話……慢著，當勞的糗事被人知道，好像是健泰在幾個女生面前說出來的，與我完全無關啊……

當最後一滴水從水龍頭淌出，一切復歸平靜。

只剩下我孤伶伶，呆立在更衣室裡。

我再也不能待在這裡了。此情此景，令我難堪，剛才他們的話聲就像揮之不去的怪旋律，在這更衣室內轟隆轟隆地迴繞。

但我也不想回去繼續上體育課……就想到了體育倉庫這個第二避難所。

我繞過了操場，盡量在不被人察覺的情況下，偷偷溜到體育倉庫那邊。我望了一眼，操場上的同學正在用俗稱「西瓜波」的塑膠球在踢小型足球，正玩得興高采烈。

我想起，上次和他們一起踢球，他們只許我守門，然後故意將球踢向我的面門……一場球賽下來，我幾乎被毀容了。他們大讚我救了很多球，我也就沒有怨言，還以爲終於找到自己在球場上的價値……

我又想起，上次打排球，他們三番兩次將我的頭錯當成排球……

我再想起，去年游泳課，我被全班男同學輪流「乳殺」……

不論是什麼運動，自小我都是最遜的一個，運動帶給我的盡是一些悲痛的回憶，這也許就是我討厭體育課的理由吧。

體育倉庫沒有上鎖。

我推開鐵門，進去。

暗無天日的倉庫裡帶著股霉味。不知是否心理作用，今天這裡的氣氛有點怪異，隱隱約約……聽到了女人的啜泣聲？

雖然我已來過這裡無數次（同學們總是將收拾體育用品的雜務推給我），我也不免有點心驚，想起那個學校原是日軍棄屍遺址的傳言……

我正想掉頭就跑，腦後卻出現了一聲：

「是誰？」

聲音是由木馬那邊傳出的，我伸長脖子看了看，一米高的那疊運動軟墊後面，有個少女坐在地上。

有人說，美女是從天上掉下來的，醜女就是從地獄裡爬出來的……她臉上滿布淚痕，充滿幽怨之氣，當她瞪著我的時候，我還眞的心中一凜。

「嘉芙？妳怎麼會在這裡？」我喊出一聲。

「關你屁事？」她反問。

嘉芙，是隔壁班的同學，也是全年級最像豬的同學。

因爲母親的緣故，我對胖的女生並不反感，但嘉芙是嘴上不饒人的那種女生，我有點怕她。我假裝有事才進來倉庫，胡亂東張西望一會兒，便欲轉身離去。

「喂！」嘉芙喊停我，又說：「不准和人提起我在這裡哭的事。」

「妳爲什麼哭呢？」我問。

她噘著嘴，嗚咽著說：「我推鉛球拿了第一名……」

「這很好啊，那幹嘛哭？」

「班上的混蛋取笑我是臂肌王！」

我怔了怔，往嘉芙的身上望了一眼，膀圓臂粗蘿蔔腿……其實「臂肌王」這個綽號還不算是最缺德的。就我所知，因爲嘉芙皮膚白皙，班上的男生暗地都給了她一個「蘿蔔糕」的稱號……儘管她的性格活潑可愛，但暗戀她的男生人數是零，還有人聲明，只要誰敢牽著她的手在校園逛一圈，就可以得到本年度的「全年級公認勇士徽章」。

沒辦法啊，人人關注健康，男生都不會喜歡卡路里太高的女生。

雖然和嘉芙不太熟，但現在眼見她偷偷躲在體育倉庫裡哭泣，我就這樣離去也太懦弱了吧……路過這裡，我便贈她幾句安慰話吧。

「妳不要哭啦！我覺得長得胖不一定沒人要，妳的心靈很美啊，總會有品味奇特的男生欣賞妳的優點！臂粗也不是缺點，妳試想，將來嫁了人，臂粗有助妳舉起更重的菜籃，當一個好媽媽。對了！加菲貓也很胖啊，不也得到很多人的寵愛嗎？說起來，妳滿像加菲貓……」

我說錯話了嗎？嘉芙目露凶光，舉起身旁的塑膠三角錐向我擲過來，推鉛球女王的力道不是說笑的……幸好我閃避及時，要是中招，下場就會像那個三角錐一樣，碎出幾塊……好險、好險！

她似乎哭得更厲害了。

我不知如何是好，唯有視而不見，逃出倉庫。

外面的空氣清新多了。我大大吸了口氣，走了幾步，曾有兩秒深深內疚，覺得那樣做有失君子風度……兩秒過後，我又覺得自己很瀟灑，可以狠心丟下淚流滿面的女人，稱得上大男人了……

「哈哈！臂肌王眞是形容貼切！」

「你呀，在她面前千萬別亂說啊！」

我想買飲料，往福利社途中，碰見當勞和幾個隔壁班的女生在聊天，大談嘉芙的壞話。當他們瞧見我走過，就用手掩住嘴巴說密語，此地無銀三百兩，擺明就是在講我的糗事！

我瞟了他們一眼，然後低頭走過。

這些人心眼眞壞！在我的背後把我踐踏成爛泥，在嘉芙的背後替她亂取綽號。

因爲我們弱小，不敢反抗，所以都變成可憐人……我忽然對嘉芙心生同病相憐之情。

唉……我眞的是個沒用的人嗎？

我想改變自己，但是……

胸口積著一股悶氣，但我無處發洩，可惜身上並無零錢，否則可以誣陷那台飲料自動販賣機吞錢，然後踢它一腳，又或者揍它一拳。

「你要什麼？」福利社的大嬸問。

「一罐鳥巢檸檬茶啊。」

她伸手掀開冰櫃的門時，我又改變初衷：

「還是要寶寶力量水吧！」

但我又懷念起檸檬的甘香，便再度改口：

「不，我還是要檸檬茶。」

「小子，你到底鬧夠沒有？女人的青春很寶貴，你再浪費我的時間，我可是會揍你啊！」大嬸捋起衣袖，凶巴巴地說。

「兩罐都要吧……」我低聲下氣。

天理何在！我竟然連福利社的大嬸也敵不過！這就是弱肉強食的世界，只有欺善怕惡才是真理……我看起來真的很好欺負嗎？

來世要投胎的話，天啊，請讓我做一個沙包。

沙包被人打是它的職責，而我被人侮辱是我的失敗。

唉……

「嗨！妳果然還在這裡。」往福利社逛了一圈，我回到體育倉庫那裡。

「你這個連內褲也不穿的變態回來幹什麼？」嘉芙說。

「妳……妳怎會知道這件事？」

「剛剛外面有人聊天，很大聲，我不想聽見也很難。」

WORRIED、SO WORRIED……我什麼面子都丟得一乾二淨，相信我在班上是永遠泡不到妞的了。

「你也真是的！取穆子晨這個神氣的名字幹嘛？任人欺侮你也不會反抗，你到底是不是男人呀？」嘉芙伶牙俐齒，挖苦人總是一針見血。

「忍耐是中國人的美德，忍一時風平浪靜，退一步海闊天空……」這番話，連我自己也覺得毫無說服力。

「沒用鬼！沒用鬼！」

她對著我喊個不停，吵耳死了！

我一聲不吭，走到那堆運動軟墊後面，正當她訝異地看著我，我便蹲了下來，將一罐「寶寶力量水」放近她的身邊。

「多買的，請妳喝。哭得太久可是會缺水的。」

她抬起頭，睫毛沾了點淚水，似乎不相信我會這麼好心。

「放心喝吧！對妳，我不會下迷藥的。」

嘉芙也眞的老實不客氣，拉起拉環，雙手捧著飲料罐，啜了兩口。我反正無所事事，便留在這裡打發時間。

隔了半晌，她呑呑吐吐地說：

「喂，你覺得我怎樣啊？」

「什麼怎樣啊？」

「我指外表啊……」

我上上下下打量著她，這一刻，我知道要出賣自己的良心了，但爲了一個少女的未來，我只好裝出人生中最認眞的表情，對她說：

「其實妳的皮膚很白，五官長得好看，不用整容，也不用化妝，只要妳減肥成功，就有希望變成美人……我說妳長得像加菲貓不是譏諷妳，我眞的……眞的覺得妳十分可愛，一定會有男生喜歡妳的。」

神啊！你會原諒我這個美麗的謊言吧？

「哼！」

嘉芙嘴上不滿，耳根卻紅了起來。

我也坐了下來，一口一口，喝檸檬茶。

「如果我減肥成功，所有笑我的男生一定會後悔得要命！」

嘉芙似乎很恨男人呢……待我想說話時，她又搶在前面說：

「不准將今天的事說出去！一會兒，我先出去，然後你等五分鐘才走出去。我不想被人誤會我和你的關係。你太差勁了！」

豈有此理……擔心清譽受損的人應該是我吧？

「不過，差勁的人也會有機會變好的，一起努力吧！」

外面是一片晴空，我和嘉芙卻像倉庫裡的老鼠，躲在昏暗的角落。我倆之間再無傾訴，變得像兩個喝悶酒的陌生人，各自挨著墊堆的一角，靜靜的，淡淡的，互不打擾對方。

也不知過了多久，飲料罐空空的，下課的鐘聲驀然響起來了。

04

「你的膝蓋受傷了，讓我來侍候你吧！」

「爲了見妳一面，流再多的血也是值得的！」

放學之後，我獨個兒坐在花圃旁的長凳上，嘴巴和耳朵分飾兩角，嘀嘀咕咕，重溫當日與天仙姊姊相遇的情景，活在自我陶醉的世界裡。

其實我腳上的傷口已經痊癒了，但我還是捨不得拆掉繃帶。此物極具紀念價值，日後我會作防塵防臭防腐處理，將她替我包紮的繃帶珍藏一輩子。

我自小就很擅長用左手和右手猜拳，現在，我就用左手托腮，含情脈脈地望著右手，想像右手屬於另一個人，自己餵自己吃麵包……

不知天仙姊姊在這學校的哪個角落呢？

可以知道她的仙姓大名就好了……

「嗨！」

有些人，無聲無息就會來到你的生命裡。

但我壓根兒沒想過，天仙姊姊的出現竟會如此突然，令我差點就要將嘴裡的麵包吐出來。

彷彿被海峽間的美人魚歌聲勾魂奪魄，連中國的楊貴妃呀、陳圓圓呀也不會有這麼動聽的聲音，我回頭一望，果然是朝思暮想的天仙姊姊。

幻想，就在一剎那與現實重疊了。

我的心肝兒，剎那就像被白蘭地浸透一樣，醉了。

「妳……妳……妳好！」

我板著身子，直手直腳站起來，腦裡一片空白，霎時就向眼前的天仙姊姊鞠躬，大聲喊了出來。

她掩著耳朵，看來被我的聲音嚇倒了。正當我心慌意亂之際，她噗哧一聲笑了出來。

「你的反應很有趣啊！」

天仙姊姊按著裙子，就在我身旁坐下。

這是我第一次看見她穿學校制服的樣子。說起來，之前跟她碰面，她的穿著分別是醫護隊制服和運動服，單是想想已教人受不了……不，我不可有這種低俗的思想，否則就是褻瀆了我的女神。

天仙姊姊眨了眨一雙閃亮的大眼睛，晃了晃手中的文件夾。

「你有興趣加入田徑隊嗎？來吧，很好玩的，請在這裡簽名吧！」

我左瞥右望，指了指自己的鼻尖，看見她點頭，才確定她在對我說話。

沒有多想，我就在那張紙上寫下姓名和班級，簽了名。

「耶！你簽了賣身契，不可以後悔了！」

且說不是賣身契，就算是賣屋契、賣心契、賣兄弟姊妹契，我都會一股腦兒地簽名，來表達我對天仙姊姊的傾慕之情……

迷迷糊糊之間，我想起一件事，抱著疑惑問：「咦！我們學校有田徑隊嗎？」

「放心吧！你擔心被『賣豬仔』的話，就看看我——我像個壞人嗎？」天仙姊姊說。

我點頭，不，我搖頭。

「不過，唉……去年田徑隊人數不足，差點就要解散了，難怪你會不知道……今年我是隊長，所以我一定要努力振興田徑隊！」

她的目光閃著光彩，我的自卑心態卻又發作了。

「我……我是個運動白痴，也有資格參加嗎？」

「HEY！不要看不起自己！你要相信自己。田徑就是個人體力及精神力的鍛鍊，意志力才是最重要的。你忘了嗎？你當天抵達終點時贏得了全場的掌聲，換作別人，早就放棄了，你比那些半途而廢的人厲害得多了！」

我感動得差點掉淚，她竟然記得那件事。

「我只懂憑著一股傻勁去跑……」

「我們就是需要有傻勁的人！你有毅力又有勇氣，我們又怎會不歡迎你呢？」

勇氣……向來只有這個詞語的反義詞套在我的身上，聽到天仙姊姊如此誇讚我，我禁不住沾沾自喜，笑得心裡都開了花。

「對了，我正為田徑隊海報的口號煩惱呢……你可以幫我想一想嗎？」

天仙姊姊望著文件夾裡的海報草圖，突然發愁起來。看著她煩惱的樣子，我全身熱血上湧，即使要用盡所有腦細胞，也要幫她想出最好的點子。

「讓我想想……」

跑出愛火花、田徑隊熱血歡迎你、全校帥哥美女的選擇……無數標語在我腦中一閃而過，我的大腦在大考期間也未曾這麼活躍過，難得她第一次信任我，諮詢我的意見，我絕對不可以令她失望的。

「青春無悔，風雨不改……田徑場上，我們等你……」我將一整年分量的腦汁都絞了出來，也只能想出一句沒那麼爛的口號。

唉，我的思想可能太落伍了，追不上潮流，這年頭哪還有人追求什麼熱血青春……正當我以為天仙姊姊會取笑我，沒想到她雙眼亮了亮，似乎頗欣賞我的主意，還對我豎起拇指讚好。

熱愛運動的人果然都是好人！因為天仙姊姊，我終於確信原來自己體內也有一股隨時可以一百度燃燒沸騰的熱血。

「林佩兒，妳又在欺騙小學弟加入田徑隊嗎？」有個滿臉青春痘的學姊在天仙姊姊背後出現，看來她倆是同班同學。

「妳呀，不要含血噴人！我沒有騙他，我是真心想將運動的樂趣帶給所有人！」

「運動的樂趣……妳這麼熱心，不知道是為了誰呢？那個那個……」

「胡說！那只是傳言罷了，連妳也取笑我。」天仙姊姊別過頭，看著我，輕輕用小拳頭捶向我的肩膀。

她滿心歡喜地說：「穆子晨同學，從今天起我們就是隊友啦！開始練習的時候，我會通知你的。哦，對了，如果你還有朋友想加入，記得叫他們來找我，無任歡迎。我是中四乙班的林佩兒。」

出乎意料……她看了我填在報名表格上的名字一眼，居然就記住了，這樣的事對我來說有如神仙顯靈。

我用幾乎把頸椎骨扭斷的力度點頭。

天仙姊姊走了，久留的飄香教我神魂顛倒，呆頭呆腦呆到校服生出草。

原來她的全名叫林佩兒，很好聽的名字啊……有幸得知天仙姊姊的眞名，絕對是我常常參加公益活動修來的福分，也有賴我每個月花錢買公益彩券積來的陰德。

聽過她的名字一次，我是一生一世、今生來世也不會忘記的了。但爲免一時腦震盪失憶，我還是把「林佩兒」三個字寫在學生手冊上。

加入田徑隊，不就可以常常見到她嗎？嘩，想想就幸福了。

結果，那一天我都在不停地作白日夢，離開學校之後，總共撞到了六根電線桿才回到家，但也不覺痛不覺癢，臉部一直保持傻笑。

我只是個微不足道的小角色，除了名字比較特別，基本上就是平平無奇……而我眼中完美無瑕的天仙姊姊，竟然記住了這樣的我。

那刻的感動，一生一世難忘。

有些人，無聲無息就會來到你的生命裡。

在我們愛作夢的年紀，都會有一個魂牽夢縈的名字。

可能是近在咫尺的鄰座同學，也可能是想碰也碰不到的偶像明星。

而我小小的腦子裡——

就刻下了林佩兒這個名字。

05

「健泰，要不要加入田徑隊啊？」

我一直是那種連上廁所也要人陪的恐懼單身主義者，我想了一晚之後，就決定遊說健泰陪我加入田徑隊。

「田徑隊？要我加入這種社團，你想害死我嗎？」健泰一口拒絕我。

雖然健泰在運動場上大放異彩，但他只是偶爾跑跑，要強逼他定時出席日曬雨淋的田徑隊訓練活動，他是寧死也不肯妥協的。

退而求其次，我只求健泰借他的名字一用，來完成佩兒姊姊給我的差事。

「反正你也沒有參加社團，幫忙簽個名，湊湊人數也好吧！」

「誰說的？我一直很熱中投入課外活動啊！」

「你有參加社團嗎？」我暗暗好奇，以本人所知，健泰討厭任何有益身心的課外活動。

「比基尼研究社……是學校的祕密組織。」健泰小聲地說。

「……」我忽然很想揍他。

我拉攏健泰加入田徑隊，但他似乎毫無興趣，原來他已經誤入歧途，我這個朋友眞是無藥可救了……

「嘉芙……妳要不要加入田徑隊？」

我過去隔壁班的教室，看見嘉芙就在教室一角靜靜看書，便走過去她那邊。正奇怪她怎會這麼用功，原來她讀的不是什麼課本，而是一本減肥祕笈。

她只是瞧了我一眼，然後深深嘆了口氣。

「唉，我已經是田徑隊的隊員了。」

「嗄？妳是田徑隊的？」

「想不到我們志同道合，一起加入了田徑隊呢！」

嘉芙「嗯」了一聲，無精打采的。

我伸出手，想跟她握手，沒想到她突然氣沖沖地說：

「你以爲我很想加入田徑隊嗎？曬黑了皮膚很心痛啊！像我這種窮學生，又沒錢買美白護膚品……嗚嗚……」

「不想卻又要加入……爲什麼？哦，我明白啦，妳是爲了減肥。坦白說，比起黑黑瘦瘦，我還是喜歡白白胖胖的妳哩……」

「你給我滾開！」

嘉芙罵得很凶，我立刻夾著尾巴逃去。

我摸不著頭腦，那時候年少無知，不知道大部分女生每月固定大發脾氣的周期，聽到女生悄悄說「大姨媽來了」，還羨慕她們有個這麼熱心懇切的親戚，因此不懂趨吉避凶，常常得罪女同學，碰了一鼻子灰……

接著我又問了幾個同班同學，男人對著男人，竟要苦口婆心、死纏活纏，連我也覺得自己噁心死了……

即使我說得如何美妙動聽，即使我將田徑美化成超刺激、超好玩的活動，我的誠意始終無法感動任何人，我不禁懷疑同學都是冷血動物。

「你想跟我一起在田徑場上留下青春的回憶嗎？」

我發覺，當我這麼問時，對方一定會黑著臉，並且見鬼似地逃離我的視線。

當勞偶然聽到我和同學之間的談話，就拍拍我的胳膊大笑，擺出一副狗眼看人低的姿態，笑我不自量力，笑我不識好歹。

WORRIED、SO WORRIED……前天看見佩兒姊姊憂心的樣子，眞想爲她做一點事。如果田徑隊因湊不夠人數而無法成隊，那我如何是好……

「穆子晨！」

我回到教室，才跨過門檻幾步，就聽到有人在教室門口呼喊我的名字。班上的人都叫我呆子，會叫我這個本名的，世上就只有……

佩兒姊姊！

今天她沒束起長髮，頭繫可愛的玻璃星形髮夾，不施脂粉的秀臉上，掛著純天然的開朗笑容，海水般深湛的眼眸……我看得呆了，今晚肯定又會失眠。

「我是來通知你，田徑隊下星期五開始正式練習。我們會先在學校集合，然後一同往田徑場出發。那一天記得要帶運動服啊！」

佩兒姊姊的一顰一笑，都牽動了我內心的變化。

我用力點頭，又慚愧地說：

「招募隊員的情況樂觀嗎？」

佩兒姊姊撇了撇嘴，旋即又打起精神來，笑著回答：

「女生方面人數夠了，還滿多的……至於男生方面，說實話，連你在內只有三個，到正式練習時，你可能要和我們三十個女生一起練跑呢……你會介意嗎？」

這時候，我才發覺教室裡的氣氛變得很不尋常，其他同學一一豎起了耳朵，佩兒姊姊剛剛的話，想必也傳入了他們的耳中。

難得有美女學姊來找我，其他人自然覺得是比《聊齋誌異》更詭異的奇談，我更好像聽到類似「末日來了」這樣的驚呼……

「咦……幸會幸會，我是穆子晨的朋友，叫我健泰就好！」

健泰從我身側湊出頭來，向佩兒姊姊遞上不知哪來的名片，看來他也被她的美色迷倒了。

佩兒姊姊一離開，十幾位男同學立刻團團包圍著我，查問加入田徑隊的詳情。

「我沒聽錯吧？田徑隊的男女比是一比十，這麼棒的社團，你怎麼不早點介紹給我？」

「難道愛做運動的女孩都是麗人？」

「那姊姊比我看過的ＡＡ日劇女主角都要漂亮呢！」

「青春無悔，我要加入田徑隊！」

什麼田徑場是少男的天堂，什麼田徑隊是戀愛的溫床……班上出現了很多莫名其妙的謠言。佩兒姊姊只是在我的教室出現，就達到了這樣的宣傳效果，那一瞬間，我彷彿參透了行銷之道……

看見美女，再冷的男人也會熱血起來。

其實剛剛一陣風吹過，我偷偷瞧見佩兒姊姊手中的隊員名冊，認出幾個名字，都是我們這年級有名的醜女……看著大家臉上色迷迷的表情，我也不好意思掃興，只好暫時代表田徑隊接受他們的報名。

「你想不想嘗一嘗在一大群女生之中跑步的感覺？」

我又依樣畫葫蘆，騙了幾個男生加入田徑隊，本來有點過意不去，但一想到運動有益身心，又可幫人突破第六感，燃燒自己的小宇宙，我就有理由安慰自己：「奧林匹克之神會原諒我的……」

男子漢，大丈夫，過不了美人關。

田徑隊是全校唯一男女同時集訓的運動隊伍，就像日本人期待畢業旅行到男女共浴的溫泉一樣，我們這些乳臭未乾的年輕人，都盼望在人生這個階段留下一些愉快的回憶。

我和一些人，就這樣糊裡糊塗加入了田徑隊。

對別人來說，田徑隊只是讓他們胡鬧幾天的中繼站。

對我來說，卻是人生的轉捩點。

06

天空一塵不染。

聽說田徑隊曾是全校人數最少的團體，但今年的情況大有改善，除了因爲佩兒姊姊亂打亂撞引

來一群色狼，帥哥隊長袁學琛也應記一功。

今天，我們分成兩組出發，佔據同一個田徑場，人多勢眾。

我揹著新的運動背包，昂首闊步。

「你吃了什麼藥？怎麼會先進了這麼多？」健泰詫異地看著我。

哈哈，爲了給人一個好印象，我求了老媽很久，她才肯給我買個新款的運動背包。菜市場塑膠袋雖然好用，但爲了迎合大眾的審美觀，我換了也不是罪過嘛……

好天氣。好陽光。

我換上學校的運動服，走出更衣室，踏上了橘紅色的跑道。

站在熾熱的田徑場上，眞是連體溫也跟著熾熱起來。

「好！我的青春就由這裡開始！」我在心裡大叫。

其他男生陸陸續續出來了，但在他們見過其他女隊員的廬山眞面目之後，心情一下子沉到了谷底，死氣瀰漫，全都變成了哀兵。

「看來你在班上的人緣挺好呢！」

佩兒姊姊曾經大吃一驚，很佩服我在一日之間招攬這麼多同學……我尷尬地乾笑了一聲，不好意思說出眞相。

女子更衣室在另一端。我看見嘉芙正在遠處，她也穿著運動服，她的腿果然很粗，蘿蔔腿名不虛傳。她前面站著一個魁梧的男人，初時只見背影，到看見了他的側臉，始知他是學長袁學琛。

遠遠看來，他倆態度挺親暱的，他還摸了摸她的上臂，將一張紙幣塞到她手中……莫非……對了，嘉芙說過，她加入田徑隊是有苦衷的，莫非這就是她那個不可告人的祕密？

我來到嘉芙身邊的時候，袁學琛已經走了。

「咦！嘉芙，妳認識袁學琛學長？」我問她。

嘉芙愣了愣，然後有點驚奇地說：

「你是眞不知道還是假不知道？」

「嗄？」

我一臉糊塗相，嘉芙沒好氣說下去，罵了我一聲「笨蛋」就走了。

之後我跟健泰提起這件事，他的反應也先是一愣，然後哈哈大笑了三聲，但怎麼樣也不肯告訴我其中玄機。

大夥兒在跑道旁的柵欄前集合。我數了數，如果人人到齊的話，男隊員有十五人，十二個是我的同學；至於女隊員嘛……眞是多得出奇，共三十人，初中女生佔大多數。

健泰這傢伙善於交朋友，他已過去女隊員那邊和她們打成一片了。

田徑隊的女隊長佩兒姊姊站出來了。

看著她婀娜的美態加上甜美的笑容，我真是感動得想燃鞭炮呢！

袁——

大——

哥——

女孩子們的尖叫——

當男隊長袁學琛出來的時候，那幫女生毫無先兆地大叫，聲音又高又尖，幾乎就要震破我和其他男生的耳膜。

袁學琛披著一件白藍配色的外套，面色冷酷，眼神似火，加上個子高大，繞著雙手站在我們面前，還眞像個氣宇軒昂的英雄領袖。

這時我才知道，這麼多女生加入田徑隊，原來都是衝著他而來。

「各位好！」

袁學琛的開場白就是這麼簡單，但他只憑一雙虎虎生威的眼睛，已不知迷倒了多少情竇初開的少女。

我心想，可以得到袁學琛的指導，又可以與佩兒姊姊見面，果眞不枉我加入田徑隊！好！我要拚命練習！

首先在袁學琛帶領之下，全部隊員繞著田徑場慢跑熱身，體力較好的男生跑在前頭，但爲了遷就女生，大夥兒都故意放慢一點。我算是賺到了，之前還擔心練習會很苛刻，一個不小心吐白沫、翻白眼，一出醜就會遺臭萬年。

一！二！三……十！熱身之後，大夥兒就跟著佩兒姊姊做一連串的伸展體操，看著她輕歌曼舞般的風姿，同班同學的怨氣也就消了不少。

WORRIED、SO WORRIED……我眞是太遜了，做完熱身運動後便已覺得很累……

田徑隊的第一課，由袁學琛指導隊員短跑的要訣：

「現代的運動理論，除了提倡高頻率的動作外，亦更加注重步幅大的效益。所有田徑項目均需要跑步爲基礎，掌握了跑的技術，對提高所有項目的成績極有幫助……」

一百米、二百米競跑是短跑項目。四百米和八百米屬於中距離跑。一般中學的運動會，還有一千五百米及三千米等徑賽項目。

聽完袁學琛的講解之後，我對田徑有了最初的認識。

接著袁學琛親自示範，在女隊員的叫嚷聲中，由距離終點六十米的地方起跑。

抬腿。前衝。簡直就是一枚砲彈。

氣魄十足，一眨眼就來到我們面前。

他就是本校的帝王——

袁學琛。

有種人，所站之處都像有舞台射燈照著一樣，光芒匯聚，流露出與眾不同的王者本色。

我想我這一輩子，也必然無法超越這種人。

但可以和這種厲害的人一同練跑，沾沾光也是美事，說不定學得他幾成功夫，也夠我在田徑場上闖出一番事業。

接下來，就是六十米跑的訓練，男的分成三列，女的分成六列，聽著佩兒姊姊吹響的哨音起跑，分組朝終點線衝刺。

我跑得歪七扭八的，總是最後一個抵達終點。

「後蹬角度約四十五度最好。你要傾前，有種快要跌倒的感覺，然後前擺著地再與後蹬銜接。手的擺動亦相當重要。上肢的搖擺應貼近上身，趨向於在體側豎直平面內，前後擺動。」

我跑完之後，袁學琛就教我如何糾正自己的跑姿。

他這人喜怒不形於色，果然是冷酷型的，有時見他緊繃著臉，還眞的不敢和他說話呢。

嘉芙胖胖的，跑起來還眞的不賴，有如一頭田徑場上的飛豬。她在我的下一組，我等了一會，然後和她一同回去起跑點。

「袁學琛學長的講解相當專業呢……雖然我完全不明白。他眞厲害……我是女人的話，也會爲他這種男人著迷吧……」

「嘿，才不是呢！他是臨陣磨槍，昨天才背書的。」

聽嘉芙的口吻，她跟袁學琛似乎很熟稔。我起初還以爲她跟其他女生一樣，是爲了一睹袁學琛的風采才加入田徑隊，但現在看來又不像呢。

在我們沒察覺的時候，天空悄悄泛黃，我們逆著光，沿著披著黃色輕紗的田徑跑道，作最後一圈的慢跑。

青春無悔，風雨不改！

我們一同圍成圓圈，疊著手掌，齊喊口號，有些人覺得很肉麻，有些人啐啐唸怎麼弄得像發毒誓似地……

在這樣的夕陽下，還眞像青春浪漫劇的情景。

喊完口號之後，大家就解散了。

我親自過去跟佩兒姊姊道別，並感激她讓我加入田徑隊之恩。

佩兒姊姊指了指我的鞋子。

「白布鞋不適合跑步啊！你家裡有沒有其他運動鞋？」

我搖頭。

「為了日後的長期練習，一雙好的跑步鞋是少不了的。價錢不用太貴，夠輕盈就好，最重要是合腳舒適，可以保護腳踝。」

哦！我明白了！佩兒姊姊的忠告，我是非聽不可的。

臨走前，我又盯了田徑場一眼，那被斜暉拖出來的長長影子，彷彿要永遠留在我的回憶裡。

我記得。我十四歲。

因爲田徑隊，我就有了親近天仙姊姊的良機。

明明是遙不可及的人物，竟然和我在同一個田徑場上奔跑，在同一片夕陽下流下溫度一樣的汗水，每一步都很踏實，每一步都沒有退縮，朝明確的目標邁進。

激情。夢想。愛情。

汗水是年輕的。

在我的青春年華裡，我從不計較汗水會不會白流，也不在乎付出會不會有回報，只管一股傻勁向前衝，不怕氣喘，不怕跌倒，天不怕地不怕。

我腳下的赤紅色跑道，就像夢想的毯子一樣。

07

後來，健泰跟我說，他實在有點驚訝，我這個自小永遠吊車尾的運動白痴，竟會參加「腿不斷掉不准走」的田徑隊；而我練跑時的那張臉，是他從認識我以來見過最認眞的表情。

我也說不出爲什麼，向來做事只有三分鐘熱度的我，這一次居然不知哪來的恆心，全心全意投入一項運動之中。

「也許，是田徑之神選擇了我吧！」

有一個下午——不記得是什麼時候了——我雙手枕著頭，躺在田徑場熱得發燙的紅膠粒地上，忽然想到了答案，說出這一番話來。

踏出第一步之後，上天就會教你踏出下一步。

那天，田徑隊首次隊操之後，我一回家，倒在床上就睡著了。隔天起床，雙腳千斤重似地，痠痛得幾乎動不了，少做運動的我那麼拚命跑步，肌肉痠痛的債是一定要還的啦。

幸好是星期六，不用上課。

「健泰，你是不是有個叔叔賣鞋的啊？」我打電話給健泰。

「哦，我十二叔是賣鞋的。幹嘛？你想買鞋嗎？」

「以前被你害得太多，我可是鼓起最大的勇氣打給你，你這次一定要靠得住啊！」

「哈哈哈，好！你終於有志氣了！」

就這樣，我求健泰陪我買跑鞋，跟他約好在地鐵站見面。

地鐵列車的殘影在漆黑的隧道中浮掠而過，經過十二個站，對我這種自閉少年來說，還是第一次跟同學到離家那麼遠的地方買東西。

車門往兩邊移開。

我和健泰走出外面的世界。

旺角站。D出口。

鬧市。果然比我家附近的菜市場繁華多了。推銷產品的大哥彷彿個個風流倜儻。不過，空氣很渾濁，我乾咳了幾聲，心想在這裡吸半天廢氣，一定可以釀造出最完美的鼻屎。

來到人來人往的大街，我看見「提防扒手」的告示牌，便將懷裡的背包再摟緊一點。

「你的背包怎麼這麼重？」

「裡面全是錢啊。」

健泰呆了一下，然後敲了我額頭一下，以爲我在開玩笑。

人生地不熟，我跟著健泰前進，在一家小吃店前左拐，走入一條擠得人頭快要落地的街，這邊的櫥窗和那邊的展示櫃，琳琅滿目皆是運動衣物和運動鞋。

「十二叔！我帶同學來買鞋。」健泰帶我走入一家店，老闆就是他的十二叔。

「嗨！健泰，什麼風把你吹來了？你老爸最近怎樣？」那個上身穿著西裝襯衫、下身是運動褲和皮鞋的人說。

「哈哈！他最近開工，太專心挖鼻孔，從棚架上掉下來，一隻腳跛了，現在綁著石膏在家裡養傷。」

樂天派就是樂天派，健泰開朗地訴說家裡的困況。

「那我要找天上門看看他，看他斷氣了沒有。」十二叔笑呵呵地說——我立感不安，這位十二叔看來是個怪人呢，身上沒幾處地方是正常的，眞不明白他的店何以屹立不倒……

十二叔叫我和健泰在店裡隨便看看。

我看中一隻鞋，想知道價錢，扭扭捏捏來到健泰背後，便在他耳邊用小得不能再小的聲音說：「健泰，幫我問店員，這雙多少錢……」健泰白了我一眼，就伸手拿下那隻鞋，直接將鞋底的標價展示給我看。

我這輩子穿過的鞋都是購自菜市場的雜貨舖，頂多一百、二百塊。所以當我看到那價錢，立刻有種被雷轟中的感覺，大出洋相了。之後，我怕再受到打擊，一直不敢亂碰貨架上的鞋。

我拿不定主意，只好請健泰替我挑一雙。

「那雙如何？」

他指著玻璃展櫃裡的一款跑鞋。

十二叔聽到了，面色忽然凝重起來，嚇得我和健泰以爲說錯了話。

「你倆眼光眞好！這款鞋是驚世駭俗限量版，世上只有二十萬對。有四種顏色，紅色和黑色這兩雙，分別叫『烈焰』和『戰魂』。」十二叔指著粉紅色和藍色那兩雙鞋，聲音忽然變得溫婉多了：「而這兩雙，就叫『初戀』和『夢想』。」

本來想問：「要多少錢？」但不想被人以爲我小器，便住口了。拿起那隻名爲「夢想」的藍色跑鞋看了看，的確一見鍾情。我幻想自己穿著它奔跑時的英姿，時髦瀟灑，絕對可以吸引佩兒姊姊多看我幾眼。

「你穿幾號鞋？」十二叔問。

「三十八。」我想起了白布鞋上的號碼。

「大概是八號鞋。這一雙尺寸剛好。」

十二叔叫我試穿我手上的鞋。

穿上鞋，又輕盈又舒服，有種人鞋合一的感覺。

「好看吧？」我問。

「嘩，帥氣指數大升！買了它，我保證你可以娶到老婆！」健泰說。

哈，原來一雙鞋就可以決定我的婚姻，太兒戲了吧。不過，就算我將來娶了老婆，我依然會繼續崇拜佩兒姊姊吧……

「好！就這雙吧。多少錢？」我取出錢包。

「這……特價一千一百九十九元。」十二叔說。

健泰向我打了個眼色，眼神有點無奈，連他也覺得這價錢太貴了吧。他大概想不到，我只不過思考了兩秒，就將整個錢包拍在收銀台上，聲音大得令全店的人都朝我這邊看過來。

「我要買這雙鞋！不過……不過請你幫我一個忙。」我閉著眼說。

「什麼忙？」十二叔大奇。

「借鎚子給我吧……」我說。

「你要鎚子幹嘛？」

十二叔感到錯愕，搞不好以爲我爲了籌錢，要到外面幹壞事。

我拉開書包的拉鍊，叮叮咚咚的，將一個很大的豬型撲滿放上了台面。

「我錢包裡只有五百塊，要砸爛這個撲滿，我才夠錢買這雙跑鞋。我真的很喜歡這雙鞋，請你

賣給我吧！」我解釋。

我的零用錢不多，爲人節儉，健泰再清楚不過。撲滿裡的錢，都是我將每日用剩的零錢，經過九百二十五天存起來的。

就在十二叔和其他人面前，我敲碎了那個撲滿，並逐塊逐塊硬幣點算。

不知是否錯覺，十二叔似乎眼含淚光，他是個愛鞋之人，也許因爲跑鞋找到了好歸宿而高興呢……

「眞服了你！」

健泰將手搭上我的肩膀。

我後來才知道，拿著幾百枚硬幣買東西，原來很有可能會挨揍……

不管如何，那一天，我有了人生第一雙跑鞋。

我家的鞋子是亂放在門口的，爲了展現它特殊的地位，我將它掛在房門後的掛鉤上，好讓彼此朝夕相對。我看了又看，笑了又笑，吻了又吻，只想快點到下次練習的日子。

很多年以後，那雙跑鞋仍然掛在房門後的掛鉤上。

比起最初的模樣，它已經髒得不成樣子，還有幾處脫線，但我就是捨不得丟掉。

是它，陪我跑過幾萬里路，陪我跑過成長時迷惘失意的季節。
有一日，我會將它收進盒子裡，然後藏在衣櫃的深處。
冰封的心，塵封的熱情，總有一天會再次燃起來的。
I BELIEVE.

08

隔天又是田徑隊的練習日。
我喜孜孜地放妥簇新的跑鞋，預備明天穿上。我笑咪咪地期待，明天就是可以看見佩兒姊姊的大日子。爲了保持更佳的身體狀態，我大半晚都呆在馬桶上進行著「人體自然排污工程」，並同時修剪指甲與腳甲，只是想不到，門外突然出現兩下拍門聲。
「阿晨！有電話找你。」老媽的聲音穿透木門。
「誰啊？」我嘀咕。
「女孩子打來的。你接不接？」

女孩子？聽到這個關鍵詞，我的神經立刻緊繃起來，擦屁股與穿褲子的動作全在一剎那間完成，當然，我不會忘記洗手的。

十米衝刺向外飛奔，我握起了聽筒，戰戰兢兢。

「喂，穆子晨？我是林佩兒呀。明天田徑隊有練習，你記得嗎？」

太好了，不是假的，眞的是佩兒姊姊！

「嗯嗯嗯，我記得，每個細胞都記得，天塌下來我都記得！」

我聽到她噗哧笑了一聲。

她繼續說：「那就好。對了，我打來找你，還有一件事。你明天練習後有空嗎？我向學校借了釘鞋，現在要除臭和替換鞋釘，光我一個做不了，要找人幫忙。你肯不肯留下來幫我？」

「我!?」我受寵若驚，說：「妳要我陪妳？我無聊得很，時間多得堆滿鞋架。而且……臭鞋是我的好朋友，爲了田徑隊的未來，我樂意效勞！」

「哈，你這人講話怎麼這麼誇張？那麼明天練習結束後，你等等我。」

「嗯嗯嗯嗯！」

講完電話之後，我連骨頭都酥掉了。

我不是在作夢吧……可以和佩兒姊姊一同相處、一同聊天、一同擦鞋……光是想想就樂透了！

□

前夜，星閃閃。

翌日，放學後。

田徑隊接下來的兩課，都是教授田賽項目的基礎技巧，所以移師到學校的操場進行。大夥兒聽從袁學琛學長的指示，把一張又一張的厚墊搬到操場上，預備好兩組跳遠訓練的場地。

根據男生那邊的情報，跳遠是最容易走光的項目，所以當知道了男女要分開兩邊練習，大家都大失所望。

第二課。LONG JUMP。跳遠。

這項目也是袁學琛學長本身的強項，他向我們解說跳遠的技巧，然後又教我們量度起步位置和做標記的方法。

接著他示範了最基本的騰空動作，讓我們見識到衝刺與跳躍的完美結合——

空中滑翔——

然後如飛機降落般落地！

他跳得很遠，大家都「嘩」地一聲叫了出來，我更聽到有人問他鞋底是不是安裝了彈簧。

袁學琛眞是太強了，什麼項目都精通似地，我愈來愈崇拜他了。

我腦中回想剛才的影像，換我正式試跳時，卻笨手笨腳的，有隊友忍不住給我這樣的評語：「你跳得眞像青蛙呢！」唉，看來即使穿上新跑鞋，我給人的形象還是沒有多大改善。

我正在排隊的時候，背脊突然被撞了一下。一回頭，撞我的竟然是嘉芙，她沒頭沒腦排在我後面，搖搖晃晃，快要支持不住的模樣。

「這邊是男生的隊伍，妳排錯隊啦。」

我看她一臉病容，問她有沒有事，問她是不是發燒。

「你摸摸看吧。」她的眼皮垂了下來。

我便伸手在她的額頭摸了摸。

「很燙呢！眞的發燒呢！」

嘉芙面青唇白，雙目半閉，眞的像極了卡通片裡的加菲貓。她開始口齒不清，完全答非所問。她排隊跳遠一次，在厚墊上躺著，差點就以爲她昏迷了。我看著她緩緩起身，走到板凳那邊歇息。

輪到我了，我亂七八糟地跳一次後，就走去嘉芙那邊的方向，關心一下她的狀況。

在我到達之前，她已經站了起來，朝更衣室的方向走。

「妳要走了嗎？」

「嗯，我要去看醫生。」

「妳自己一個人，怕不怕呀？」

「我怕什麼？我這麼胖，沒有色狼會看上我的。」

嘉芙蹣蹣走著，搖搖欲墜的身影惹人憐憫。

我們當中，看在眼裡的男生不少，但誰也沒有過去扶她一把，因爲大家心裡明白，要是向這種卡路里太高的女生獻殷勤而傳出什麼難聽的謠言，被玷污了清白，人生的幸福可能就此盡毀……

WORRIED、SO WORRIED……她會在前往診所的路途上倒斃嗎……頭昏腦脹的她說不定會迷路呢……但她只是個我偶然碰見而又偶然一同嘆氣過的小角色，就憑她，值得我爲她犧牲與佩兒姊姊共處的時光嗎？

再說，可能她心裡根本就不當我是朋友。

但，就算她是這麼想，她也是我的朋友。

「阿晨，怎麼了？」佩兒姊姊問。

我走過去佩兒姊姊那邊，給她行了個九十度的鞠躬禮，萬分歉疚地解釋：「對不起！我昨天答應過要留下來幫忙，現在我想申請早退，可以嗎？嘉芙是我的朋友，她要去看醫生，男子漢大丈夫，不能見死不救，我擔心她會出事，想去陪她。」

「傻瓜，又不是什麼大事，有什麼好道歉的？你要好好照顧她！」

佩兒姊姊笑著拍了拍我的胳膊，叫我快去。

然後我直接穿著運動服離校，提著書包追上去。

「嘉芙，等等！」

她轉過頭，怔怔地望著我。其時我倆已身在校門外。

「我陪妳去看醫生吧！」

「嗄？診所在很遠的地方啊。」

「就是因爲診所在很遠的地方，要走很遠的路，我怕妳中途暈倒，所以才來護送妳的。」

聽到我這句話，嘉芙忽然絆了一下腳。

「妳支持不住的話，就由我來揹妳吧！」

看著我滿腔熱血的樣子，她竟然……大笑起來。

「你白痴啊！我眞的快暈倒了。你以爲我不會坐車去啊？我出來本來就是要攔計程車。」

哦……是這樣啊。那我豈不是無事充好漢？

「知不知道，爲了陪妳，我作出了很大的犧牲！本來今天……」

「很大的犧牲？」

「妳別管……無論如何，我答應了佩兒姊姊要照顧妳，我就要照顧到底。」

「哼！眞不知道你安什麼好心。你儘管跟著來好了，我是絕對不會感動的。」

陪她等車的時候，我發現她披著的運動外套是大尺碼的。這外套不是她的吧？正這麼想，就看到由外套領口翻出來的標籤，標籤上有個用麥克筆寫的名字：**袁學琛**。

袁學琛!?我發現了這驚人的祕密之後，一直默不作聲。

之前曾看見袁學琛塞錢給她……難道……這世界比我所想的黑暗得多……他和她……有不尋常的關係？

眞想不到呢……原來袁學琛……我明白，每個人都有他的喜好，像我爸，他最愛吃的就是豬油拌飯。一想到世上可能只有我發現這祕密，我就突然醒覺自己責任重大，爲了嘉芙的幸福，我一定會幫她守住這個祕密……

「嘉芙，蘿蔔糕做得好，還是有人愛吃的！」

「你說什麼？」

「沒什麼……」

到了診所，醫生責怪她爲了減肥，營養不均衡，以致身體的免疫力下降。聽說醫生替她打了一支加大碼的退燒針。一直目送她上了公車，我才真正功成身退。雖然她嘴硬，但我想她還是有一點點感激我的。

09

休息時間，嘉芙帶來了一個便當，很不客氣地拍在我的桌面上。

「家政課的失敗作。」她這麼說。

「那麼……妳想怎樣？」

「你幫我清掉吧。」

「妳當我的胃是垃圾桶嗎？」

「雖然是失敗作，便當裡全是我愛吃的東西。」

她這麼好心？聽說隔壁班有個男生，吃了女友煮的那一盤像死人頭髮的肉醬義大利麵，結局就是食物中毒住進醫院……姑且相信嘉芙一次，我打開便當盒，盒裡彷彿有一片光芒射了出來，黃金蝦仁、珍珠丸子、日式煎蛋……她還花心思，砌成了鹹蛋超人的圖案。

嘉芙請我吃的東西，不僅沒有超級病毒，而且美味得令我想哭……沒想到這小潑婦的廚藝頂呱呱呢。

嚐了幾口之後，我忽然留意到餐盒上的姓名貼紙——袁嘉芙。原來嘉芙是姓袁……哦！我忽然想通了一件事，解開了一直以來的疑竇。

「原來……原來袁學琛是妳的哥哥？」我驚叫了出來。

「哼！你心裡一定在想，為什麼一個運動超卓、受女生歡迎的學長會有個這麼不濟的妹妹吧？」嘉芙面有慍色。

「不、不……」我連忙解釋：「妳也是推鉛球的冠軍啊！」

接著，我被她的蘿蔔腿踩了一下。

咯咯兩聲，我的腳趾好像碎裂了。

「我再不濟也有自知之明。哪像你，痴心妄想，對林佩兒有意思，癩蝦蟆想吃天鵝肉！」

嘉芙冷不防說出這一句，還真的直中我心靈的要害。

「妳……妳胡說什麼？」

「你別裝蒜了。你望著林佩兒的時候，那副色迷迷的樣子，看不出來的就是白痴。」

WORRIED、SO WORRIED……有……有那麼明顯嗎？這小潑婦欺人太甚，說中了我的心事，我不由得感到無地自容。

「那……那又怎樣？我又不是要追求她，只要可以遠遠看著她，我就已經心滿意足了！」我這等於是承認了。

嘉芙用一種令人難以猜透的目光，朝我的臉看了又看。怪怪的。但我始終無法發出一聲。

「下星期三是林佩兒的生日。」

她離開時，拋下這句話。

10

自從我從嘉芙口中得知佩兒姊姊的生日，就開始苦苦思量，日日夜夜都在想著要送什麼禮物。

「全香港哪裡的蛋糕最美味啊？」

聽到我的問題，嘉芙雙眼發亮，雖然她正在減肥，嘴角仍不自覺流下一行口水。

「當然是『義大利番茄』的起司蛋糕呀！脆餅味、藍莓味、巧克力慕絲……總共有二十幾款呢……」

嘉芙忽然察覺我的意圖，便扠住腰對我怒吼：

「你這傢伙！不是請我吃的話，就別再來煩我！」

星期二，放學之後，我特地走到老遠的商場一趟，在嘉芙介紹的那家餅店，盯著櫥窗找到了夢寐以求的迷你蛋糕。

小小蛋糕，紅綠紫三層，香草夾心，紅的是草莓，綠的是奇異果，添上紫色藍莓醬，再在頂層鋪上幾片芒果，加一朵食用玻璃花，嘩，美得令人垂涎，價錢亦不便宜呢……

爲了明天佩兒姊姊的生日，我決定買下這塊蛋糕，蟠桃贈觀音。

我還買了張迷你生日卡，搭配迷你蛋糕，卡上寫滿一堆讚美她的句子。

好！準備妥當，明天一定要鼓起勇氣。

自從買了那一雙藍色跑鞋，雖然我的跑步速度絲毫沒有加快，但好事眞的接二連三發生……我一覺醒來，照照鏡子，頭髮不用梳理，就已經有個很棒的髮型。

爲免蛋糕融化，我帶裝了冰塊的保溫箱，並向福利社的大嬸套交情，先昧著良心讚美她的外貌，然後拜託她讓我借用福利社的冰箱。

一切順利。隨著下課鐘聲響起，我的心跳也愈來愈快。

眞是的，又不是示愛，只不過是送塊蛋糕，又有什麼好緊張的？

透過千辛萬苦蒐集回來的情報，我知道佩兒姊姊是風紀，這節下課會在四樓當值。

下課時間到了，便到福利社提回保溫箱。

我打開箱蓋，正要爲蛋糕插上蠟燭，突然看見當勞一夥走近。我條件反射地僵立不動，然後繼續手上的動作，將蛋糕放入禮盒裡。

當勞一夥走過我的身邊。

他們一步步邁近，我就一下一下地膽戰心驚。

還好，他們從我身邊走過了，沒有理會我。正當我以爲平安無事，一抹汗，眼前灰影一掠，蛋糕盒就被人搶走了。

「你這麼緊張，盒裡是什麼東西？」原來是當勞。

「還給我！」我大叫。

當勞從背後伸出雙手，手上空空如也。我定了定神，就看見當勞身後的同黨接贓。我撲過去搶，盒子又被傳回當勞手中。這麼一鬧，當勞更想作弄我，他將蛋糕盒夾在腋下，往樓梯口跑去。

我猛追上去，當勞嘿嘿一笑，就往上面開溜。他眞的跑得好快，不愧是運動健將，這場樓梯上的追逐戰，我拚盡全力也無法追上他。

「你不是加入了田徑隊嗎？怎麼還是跑不快？嘿嘿。」

當勞在樓梯上方譏笑我。

我氣喘吁吁地瞪著上層的當勞，心裡著急得很，同時又責怪自己沒用，竟然連一塊蛋糕也守不了。

也不知來到哪一層，在走廊上，我要和當勞一決勝負。

我想得太美了，雖說是決勝負，但我連他身上的塵粒也碰不到。

我、實在、太遜了！

這時，當勞的同夥也上來了，他們一直嘻嘻訕笑著，看我蹦蹦亂跳，就像在看猴戲一樣。

「這次我不是和你們鬧著玩的！」、「我們愛玩，你又能怎麼樣？」、「算我求你了，這是我要送人的生日禮物！」、「送人？咦，果然有張卡片，就看看你寫了什麼吧。」、「不可以！」

不知哪來的爆發力，我終於逼近當勞，一下抓住了他的衣袖，拉拉扯扯之間，和他雙雙摔倒在地。

「你很想要嗎？我還你！」

當勞大喝一聲，拋出了蛋糕盒。

我伸長了脖子，望著半空中的盒子，直墜向地面——

砰！蛋糕盒跌落地上，扁了，不用說也知道，裡面的蛋糕一定砸得比稀巴爛更爛。

我連滾帶爬，正欲拾起盒子，手伸到中途，聽到熟悉的聲音：

「你們在幹什麼？」

我狼狽地回頭，目光變清晰了，那人，是她。

佩兒姊姊是風紀，剛巧在這一層樓巡邏。

讓她目睹我的醜態了。

「快逃！」

當勞一夥人想走，卻被佩兒姊姊的搭檔攔住，要記下他們的學號。

我胸口氣得炸開，雙眼熱得燃眉，我、我、我很想揍他們一頓，但我知道無濟於事，況且我也沒有這個能耐。無論怎樣，死去的蛋糕也不會復活，我只能爲它默哀。

一副欲哭無淚的表情。

就是喪家犬的表情。

佩兒姊姊看到了，伸出手，想安慰我。

「抱歉。」我逃避了，不想見她。

不管我有多懦弱，我也不希望自己喜歡的人可憐我。

轉了個彎，再沿著樓梯，以跳樓一般的速度，直衝到最底層。

我走進男廁，把水龍頭扭到最大，不停用清水沖洗臉頰，但其實我臉上一滴眼淚也沒有，悲傷隨水流褪色，抹乾水斑，鏡子裡的我是一副窩囊相。

我眞沒用，以後還有什麼臉見佩兒姊姊？

11

「唉……」我一邊吃飯，一邊深深嘆氣。

「怎麼了？瞧你這副德性，倒像失戀一樣。」健泰趁我不注意，挾走了我的一塊叉燒。

「沒錯……我眞的失戀……暗戀也算戀過，是嗎？」我實在吃不下飯，自動將自己的叉燒挾到他的盤子上。

「你暗戀誰呀？」健泰露出一條狐狸尾巴，賊笑著問：「是不是袁嘉芙呢？」

我的飯由鼻孔噴射出來，黏到其他同學的臉上。

「NEVER、NEVER、NEVER！」我眼耳口鼻一齊搖晃，但無論我如何堅決否認，我的PIG朋DOG友仍是說個不停，加油添醋……我恐懼在不久的將來，謠言會被這些陰謀家捏造成事實。

算了吧……我沒有心情管它。

霉運的連鎖反應又開始了。剛剛和當勞追逐的時候，皮鞋磨破了，現在底墊甩出來，我要拖著鞋底行走，不然就會露出腳趾。

便宜貨就是便宜貨，不是說嘛，人的一生從出生的一刻就有了差別。我這種差人一截的倒楣鬼，一輩子也不會有出息的。

吃飯時食不下嚥，上課時魂遊四海，如廁時忘了拉褲鍊，看黑板時眼花繚亂，聽著鐘聲收拾書包，跌跌撞撞離開校門，走錯了方向，然後在錯的公車站……在錯的公車站碰到國色天香的她！

「穆子晨！眞巧呢！」

佩兒姊姊跟我打招呼，我整個人就像觸電一樣。

「我……我……我……」

我發出機器人般的聲音，只懂重複著一個字，看來腦內的電路板都已經燒壞了……要不是一時腳軟，我可能掉頭就走。

反正都已經錯了，我就跟著她上了錯的公車。

上層。只剩一個雙人位。我愣愣看著佩兒姊姊，她對我笑了笑，說：「怎麼還不過來？」

實在無法想像一生有如此絢麗的時刻，坐在我身邊的是傾國傾城的佩兒姊姊。我緩緩仰起頭，和她的目光相觸，我才發覺，原來晃動得厲害的不是行駛中的公車，而是我激動的心。

「謝謝你送我的生日蛋糕，味道很棒！VERY NICE！」

英文字母逐字拆開，在我的腦袋裡蹦跳。

「那蛋糕妳有吃？它不是爛了嗎？」

她搖頭，笑意盈盈。

「有紙盒包住，雖然扁了，但裡面乾淨，還可以吃。眞的很美味！我雖然是運動員，但最愛吃的就是甜食了。對了，你給我的生日卡很有心思，我會好好收藏的。」

我已經不知道可以再說什麼，遇上這種紅顏，教我爲她洗油鍋、跳火圈我也甘願！

「不過……讓妳看到我的醜態了。我還怕妳會看不起我，一輩子不再跟我說話……」我說出心底話。

佩兒姊姊沒說什麼，緘默了半晌。我連正眼也不敢看她，生怕會觸到令我難堪的目光。

「我以前也常常被同學欺負。」

她說了一句令我懷疑聽錯的話。

「怎麼可能……」

「不只這樣呢，我會開始跑步，就是因爲我被一個男人騙了。」

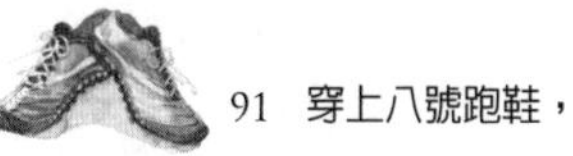

佩兒姊姊忽然眨了眨眼，說的像眞話，也像假話，明明語氣誠懇，卻令人難以置信。我嘴巴張得老大，只懂愕然地望著她。

「以前，我爸是賣魚的。我還是小不點的時候，常常到爸爸的魚攤玩。好笑的是，我媽也曾在同一個菜市場工作，她當年的綽號是『豆腐西施』。」

佩兒姊姊，我心中的神仙人物，我一直覺得她出塵脫俗，出生在不食人間煙火的家庭裡……對了，耶穌不也是在馬槽裡出生的嗎？

「因爲我在魚攤長大，身上有股怪味，小學時，同學都排擠我。加上我體弱多病，自小有哮喘和扁平足，有時會成爲被欺負的對象。一點小事，我就會大哭，不怕跟你說，那時人人都叫我『大喊包』。」

我聽到這裡，頓時捏緊了拳頭，直覺那些欺負她的同學一定都是醜女，就是因爲嫉妒她國色天香，而犯下那些醜惡的罪行……眞是太可惡了！

「我爸爸看不過去。他爲了鍛鍊我，帶我到田徑場。可是，我總是跑不了多久便喊累，說到了極限，跑不動了。他又哄又罵，我就是賴著不動，每次都氣得他無可奈何，偏偏他又很疼我。後來，有天晚上，他騙了我，帶我到一個陰森恐怖的公園，跟我說那附近有座墳場。」

「墳場？」我忍不住驚叫。

「他說完後，就頭也不回地向前跑。我還沒弄清楚，爸爸的背影已經離我愈來愈遠，我只好拚命追著他。跑呀跑，有幾次覺得快不行了，我喊了幾聲爸爸，爸爸也沒回頭，就像聽不到我的聲音。我愈想愈害怕，卻又不敢停下來，擔心會被丟在那裡……那時候有部電影，就是有個孩子被爸媽丟棄……一迷路，就會闖進墳場耶……總之腦子很亂。」

在墳場練跑，那真是相當刺激的經歷呢。

「哈，其實附近根本沒有墳場，我爸就是愛騙我。當我跑呀跑，結果，我爸回頭嘻嘻一笑，恭喜我跑完全程，那時我才發覺，不知不覺已跑到了家門。原來爸爸手上有塊小鏡子，一直在偷偷看著我跑。他這樣做，就是要告訴我，有些事我不是做不到，只是從來不肯踏出第一步，只是一直沒盡力而已。」

這番話有如醍醐灌頂，鑽進我的心坎。

「在小六的運動會上，我終於可以代表班隊參加接力賽。那一次，我跑得很快，比任何同學都要快，真的覺得自己變成了一陣風……當時，我的腦子裡只在想，我跑這麼快，爸爸會看見嗎？」

「妳爸爸看見了，一定很感動吧？」

「那次他沒有看見。應該說，他想看也看不到了。」

聽到這裡，我整個人怔住，腦中還在猜測，直至看見她淡然的一笑，我才肯定自己沒有誤解她的意思。

在我沒察覺的周遭，有些人在單親家庭長大。我曾想過，要是我的爸媽缺了其中一個，讓我的身世變可憐一些，搞不好我就會較有個人魅力……現在我不禁感到慚愧，抱著那種想法的我，簡直就是禽獸不如。

「我爸爸是個很堅強的人。他雖然走了，但給我留下一顆堅強的心。」

佩兒姊姊又說下去。在她身旁，我只是靜靜地聆聽。頓了一頓，她的話再一次震撼我的心靈深處：

「田徑不只是體能的競賽，還是心的競賽，眞正要勝過的人是自己。要熬過艱苦的訓練，沒有堅強的心是一定做不到的。不騙你喲！我也試過假裝肚子痛來逃避練習呢！」

田徑是心的競賽……要勝過自己……

我不由自主地點了點頭。

「你並不懦弱啊！至少你比我堅強得多，你被人整得那麼慘，也沒哭出來啊！我相信，所謂強者，都是由弱者變成的！」佩兒姊姊說。

這是在安慰我嗎……我差點就想哭了。

一直沒哭出來，是因爲我已習以爲常了吧？更何況，我認爲我的同學很變態，我一哭只會令他們更加興奮吧……我的眼淚，雖然也不是什麼值錢的東西，但只會爲値得的人而流。

「和我打勾勾吧！」

她伸出小指來，說要和我打勾勾。

「打勾勾？」我驚悸不已。

「你和我打勾勾，答應我，要變成一個不輸給別人的運動員！」

「我有可能站在頒獎台上嗎？」

「I TRUST YOU！」

就是「我相信你」的意思。

我相信你……從未有人對我說過這樣的話。

佩兒姊姊答得理所當然，誠懇得讓人無法懷疑。

樣子普通、沒有特長、一直被人欺負，渾渾噩噩地走在街上，就連流浪狗也不會向我盯上一眼

……我一直覺得自己的人生很倒楣，平凡如我者，怎麼樣也不會得到太大的成就吧？

這樣的我，竟然得到佩兒姊姊的信賴。

我伸出顫抖的小指，和她的小指相扣，像小朋友唸著魔法咒語般，一股力量由我的小指開始傳遍我的全身。

我的人生就在那一天起了變化──

所謂強者，都是由弱者變成的。

夢想，就是永不言棄的終點線。

只是一個人、只是一番話，就可以改變另一個人。其實，我的人生也不算倒楣吧？我最大的幸運就是遇見了她。

「佩兒姊姊妳人眞好，我覺得妳……是天上降下來的天仙姊姊。不是騙妳的，從第一眼見到妳開始，我就有這個想法。可以加入田徑隊，我眞是太幸福了……」說著說著，我不禁面紅耳赤。

「傻瓜。你呀，不要再叫我姊姊啦，我會覺得很尷尬的。你叫我佩兒好了。」

「這……我可以這樣叫嗎？不會太冒犯嗎？」

「冒犯？嘻嘻，我又不是什麼大人物，只是個普通人，爲什麼不可以啊？」

「不對不對，妳絕對不是普通人，妳是仙女下凡。」

「什麼仙女下凡！像鬼就差不多！」

佩兒說話的同時，向我做了個鬼臉。

「如果世上眞的有像妳這麼漂亮的鬼，閻羅王一定會非常傾慕妳，要把妳接進豪華的府邸做老婆，即使是來侍奉妳的牛頭馬面，也因爲可以親近妳而感到無上光榮，把妳當成冥界的超級偶像。」

現在，我的臉已紅得像熟透的番茄。

「世上根本沒有閻羅王的。」

「本來沒有閻羅王，但假如妳自稱是女鬼的話，肯定有不少傾慕妳的男人爲情自殺，紛紛假扮成閻羅王，只要可以博妳一笑，一死也沒什麼大不了……」

佩兒被我逗得笑了，白玉般的瓜子臉上紅暈乍現，令我此等凡人目眩神迷。

自第一眼開始，她就成爲了我夢想中的女神，就是一個讓我永遠追尋的目標。

我知道無論如何，我都配不上完美的她。

但是，我有一個小小的夢想。

我要在有生之年，親手將自己贏得的獎牌送給她，讓她知道，曾經有個傻瓜在她背後默默跑著，並因爲她而改變。

我不可以令她失望！

我要變強。

在背上長出翅膀……

12

一星期後。

田徑隊隔週一次的隊操，在校內的操場進行。

當天恰巧是我上體育課的日子。體育課結束，我不用換運動服，到更衣室換雙鞋子就可以直接出去了。

因爲佩兒的一番話，我覺悟了。

以爲加入田徑隊就可以改變，過去的我也眞的太天眞了。加入田徑隊又如何？買了新的跑鞋又如何？眞正要改變的不是這些外在因素，眞正要改變的應該是我吧？

有了熱衷的目標，我們就有力量改變。

有了喜歡的人，我就有勇氣踏前一步！

下課鐘聲在五分鐘前響完，班上的同學走得七七八八，我要幫忙收拾用具，所以比較晚來到更衣室。我繫好了跑鞋的鞋帶，正要站起來，眼前的地面就出現了四個模糊的影子。

當勞和三個同學圍在我的四周。

他們顯然是來找碴的，但我只是冷眼相對，悶不作聲站起來，想從人牆之間走出去。

「借過。」我說。

當勞看不爽我這種態度，不僅不肯讓開，還一腳踏在我左腳的鞋面上。

「噢。抱歉啊，看到這麼潔白的新鞋，忍不住就想踩一下。」

當勞自顧自地笑著。他笑得肆無忌憚。

他自然沒有察覺，有一種異樣的火焰在我眼裡燃了起來——

我瞪著他。這是我第一次瞪著一個人。

當勞他們一直在欺負我，我心裡只當他們是流氓，錯在他們身上，我勢孤力弱，啞忍才是我這種弱者的生存方法吧？

但道理不是這樣的，是因爲連我都瞧不起自己，所以他們才會瞧不起我吧？表面上欺負我的是他們，但眞正欺負我的人是我自己吧？

沒錯，從目前的人生成績來看，我是很失敗的，但，儘管我是個失敗者，我也不許別人在我的傷口上撒鹽！

「你呀，瞪什麼瞪？」

當勞犯下了一個錯誤。

就是他認定我是個不會反抗的弱者，永遠也不會反抗的弱者。

這一次，他錯了。

「別踩著我！」我大吼。

人生第一次，我揮出了自己的拳頭！

轟！

我那一拳，打在了當勞的胸口上。

拳頭是熱的，熱得很。

滾燙的拳頭。

也不知是當勞的胸口硬，還是我的拳頭弱，他好像一點也不痛不癢。

但他錯愕了。

要是真的和當勞他們打起來，我是必敗無疑，但我這次是豁出去了，就算之後要被人痛揍一頓，鼻青臉腫，我也不會再害怕了。

這是我人生中第一次，不顧後果地向別人揮出了拳頭。

之後，事情的發展超出我的預料，群毆的場面沒有出現，大家都呆住了，只是睜眼看著我收起拳頭，看著我頭也不回地走出更衣室。

外面的天空好像變得不一樣了，遠遠地有一群不知名的鳥兒在飛。

只有敢飛的鳥兒，才能享受廣闊的天空。

我的心情依然激動，但總算是舒了口氣。

這世界的規則，就和運動場上的勝負一樣，只有勝利的人才會得到認同。

既然不想被欺負，那我唯一的方法，就是成爲勝利的一方！

今天的我打敗昨天的我！

我要變強——

在背上長出翅膀——

田徑場上，夢想起航！

ch2

當白襪子遇上巨人

天虹似的跑道
掠過髮鬢的汗水
為愛人而跑的勇氣
路通往哪裡？
我的白襪子起了繭
背後可以長出翅膀嗎？

01

外面的天色染成啤酒的黃色。

醉醺醺的黃昏。

我穿上白襪子，套上藍色八號「戰靴」，再披上防風的運動外套，拉開門準備「出征」。

打從小學開始，我就自知不是當運動員的料，要在比賽上勝過別人，這簡直是連想都會面紅耳赤的事。我深深明白，爲了追上其他人的程度，單靠田徑隊隔週一次的練習是不夠的，我必須付出額外的時間來練跑。

「妳來得好晚啊！」

「什麼嘛！男生等女生是天經地義的事！」

嘉芙和我在便利商店門口會合之後，便一同搭車到田徑場。

我和她已經穿著運動套裝，省了更換衣服的時間。

爲什麼我會和嘉芙在傍晚來田徑場練跑？

本來是我約了健泰到田徑場跑步。問問嘉芙，她說想減肥，所以也感興趣。殊不知，健泰放了我倆鴿子。難得有了興致，只有我和嘉芙倆亦無不可，便按照原定時間約見。

「我想我沒有運動天分，唯有靠意志力來彌補。短跑不適合我，所以我決定苦練長跑，假以時日，應該可以做出一點成績。」我把我的主意告訴她。

在田徑隊的訓練班汲取田徑知識，此外，每隔兩天到運動場練跑，鍛鍊體能。假若能夠持之以恆，在明年的運動會上，我或許有機會爆冷門出線呢！

「節食三餐我是受不了的，減肥藥又不可靠，唯有多跑幾步，消耗一些卡路里。」嘉芙也說出她的減肥計畫。

當我倆來到田徑場時，天空已換了一張布簾，由黃轉黑。在依稀的月色下，跑道上都是零零落落的慢跑者。

「我想我很快便會放棄。」嘉芙說了喪氣話。

「在這田徑場上，我們一同立志吧！」我將一隻腳踏進田徑場的跑道，朝天伸出拳頭。

嘉芙本來不大情願，但最後還是同意和我約定，在我喊出一、二、三之後，就要一同說出自己的志願——

「我要減肥成功！火辣苗條！所有男生對我下跪！」

「我要在明年的運動會上獲獎，然後將獎牌送給她！」

「她？」

在嘉芙的眼中掠過了一絲感動，縱使我沒有開口，她也必然知道我口中的人就是佩兒。

「想不到你……是這麼痴心呢。我對你有點改觀了。」

「幫我守住這個祕密啊……」

「放心，你的祕密毫無商業價值。」

雖然嘉芙是袁學琛的妹妹，但她對田徑卻一竅不通，我倆都不知該從何練起，便只好亂跑一通，她有她的指標，我有我的方向。

我和嘉芙緩步跑了兩圈。

跑了兩圈之後，我稍稍加速，沿著田徑場的內圈跑。

我心裡早盤算好了，先挑戰老弱婦孺的跑者，享受超越他們的快感，慢慢建立起自信。

恰巧，前面有個老頭子，正好由他當我出道戰的對手。

我跨開大步，逼近那老頭子，來到他背後不到十米左右，相信他已感受到從我身上散發出來的龐大壓力吧？

哈哈，我開始幻想自己的英姿。

「老伯伯，不好意思囉，就讓我告訴你什麼叫速度吧！」我在心裡說。

天有不測風雲，老伯也不是省油的燈，轉了個彎後，那老頭子就像一陣風似地往前飆出，大大出乎我的意料。

我當然急起直追，只不過，想不到老伯竟然寶刀未老，翹起了屁股，就在我眼前揚長而去。

流星腳！火箭腿！霹靂無敵爆炸步！

我喊了幾個絕招的名字，但就是追不上。

WORRIED、SO WORRIED……莫非我真的連一個老伯也不如？

老頭子！走著瞧吧！時間一久，你體力不支，我一定會追上你的。

我改變初衷，打算和對方來一場耐力賽。

結果，事情沒有按照我的劇本發展，那老頭子和我之間的距離愈來愈遠。我漸漸慢下來，接著挨不住，停下來喘氣，直瞪瞪地看著他的背影變成一點兒。

再繞著田徑場又快又慢跑了一圈半，我已累得半死，徹底明白什麼叫筋疲力盡，成了落魄的逃兵，晃到一邊歇息。

走近嘉芙那兒，我上氣不接下氣地說：

「不會吧？我……我……竟然輸給了老人家？」

「嗄！你不是去和老人家鬥吧？」

瞧她的表情，有瞧不起我的成分，憑語氣推測，佔了那句話的七成。

那老頭再繞了一圈回來，依然健步如飛，體力綽綽有餘。

一圈。一圈。又一圈。

當他每次經過起跑線，總會盯著早已在場邊倦懨懨歇息的我，最教人氣憤的是，他咧著嘴向我露出輕蔑的笑意，驕傲得屁股快要翹到天上了。

我簡直氣得全身發抖！

他在挑釁我！我挺起溢滿怒氣的胸口，立刻朝他猛衝。但只過了一個彎道，我腳軟了，沒有鬥志再追，不到三十秒的熱度。喪家犬般的我，沿著原路死翹翹地回去。

回到起點附近，又碰到繞了一圈回來的那老頭。

這次我與他面對面，在他眼中，竟看到了同情我的目光……在與我擦身而過之際，他做出李小龍的招牌動作，以拇指擦過鼻尖，彷彿在說：「你不是我的對手！」

這個刺激太大，我氣得快要吐血了！

那老頭依然腳如輪轉，沒有絲毫放緩的跡象。

WORRIED、SO WORRIED……

竟然連一個風燭殘年的老頭也敵不過，明早我應該自動自發走入焚化爐嗎？

「DON'T WORRY，BE HAPPY！」嘉芙看了一會，便安慰我：「那老先生也眞不賴，有點高深莫測呢。你看，他跑了這麼久，速度都很平均，跑姿很有風範，一定是經過長年累月的練習。憑你這種三腳貓功夫，輸給他一點也不稀奇啊！」

但我就是無法吞下這口氣。

我的夢想才踏出第一步，就受到這麼大的挫折……

今天，只是我狀態不好。

後天，我會再來雪恥的！

02

可能是命運在對我開玩笑吧。

我再到那田徑場三次，三次都碰到那老頭子。

每次一看到他在做熱身操，我都不敢再傲慢和輕敵，也在一旁做熱身操，磨拳擦掌，蓄勢待發。

男兒的戰鬥、宿命的對決……

說得再動聽也好，我實在無法將一個老頭子美化成我的強敵。

我更加無法接受一個在公車上應該讓座給他的白髮老人，竟是如此頑強，一次又一次令我吃盡苦頭。

在我雙腿亮起紅燈的時候，他仍以源源不絕的力量繼續奔跑，再回頭對我嘲笑，來表明他的勝利是遊刃有餘的勝利。

眞不知那老頭的身體是什麼構成的！

我曾懷疑他是外星人，又或者是個披著老人外皮的猛男，甚至揣測他服用過什麼令人變得又威又剛的神丹妙藥……

因爲他，我的人生又寫下了敗績。

至今我的戰績已累積到四連敗。

「年輕人，你今天吃飽了沒有？」

「年輕人，你懂得『醜』字怎麼寫嗎？」

「年輕人，千萬別爲地球製造垃圾，一會兒見到垃圾桶，記得自己跳進去。」

他的一個個眼神，彷彿都蘊含一句又一句侮辱我的話。

自從與佩兒甜蜜蜜地打勾勾之後，我還以爲已經領悟了變強的眞諦，沒想到一個老頭就弄得我焦頭爛額……三番四次挑戰，黯然離場的人竟然是我。

身體狀況欠佳、望見哈雷彗星、不小心踩到了狗糞……

我爲自己找了種種開脫的藉口，但只有自己最清楚，我眞的被那個老頭技術性擊倒。

別說是超越他，我連跟著他跑完全程的能耐也沒有。

這種事要是傳了出去，我一定會身敗名裂，以後別說是泡妞，搞不好連福利社的大嬸也不肯跟我交朋友……

「沒用鬼……千萬別自尋短見。」

在晚風輕拂的公園小徑上，嘉芙和我穿著運動外套，由我帶路，改以徒步的方式前往田徑場。

「唉！在我穆子晨的田徑傳說裡，竟蒙上一個這麼大的污點！」

「你別這麼說吧，我會很想吐啊……」

關於我四連敗的事，嘉芙只當是一個笑話。當然，那麼丟臉的事，我也希望只是一個笑話，無奈那是殘酷的現實。

「怎會有那麼強的老頭！不過，我已發現了他的一個弱點……每當有美女出現，他都會多瞟兩眼，步速因而減慢了……」

「喂，你……不是又要去挑戰人家吧？這樣會嚇壞人的……」

嘉芙一定覺得我的腦袋壞了。

在傍晚跑步，皮膚不會曬黑，所以嘉芙才會第三度接受我的邀約，跟我一同到田徑場跑步。健泰放鴿子的次數太多了，要不是有人提起，我還眞的不記得有這麼一位朋友……

嘉芙怕我有所誤會，總是再三澄清，她會陪我練跑，只是純粹想利用我。

「和你這麼醜的人在一起，一定可以少吃很多東西。」

這是什麼話!?

她爲了激勵自己，不停幻想成功減肥之後的情景——到時會有個雙眼閃亮的白馬王子，用優厚的財力和帥透的外表打敗其他情敵，展開一百八十天的求愛攻勢，然後跪在她的面前，向她送上一卡車的玫瑰花。

我跟她說，愛情小說看太多的話，也許會導致精神病的……

三個月前，我和嘉芙還是只知道對方名字的同學，現在卻成了無所不談的朋友，這樣的事還眞是奇妙得好像一場怪談呢。

說起來，現在發生的事情更加怪異：我倆已走了半個小時，卻還沒有到達田徑場，一直在公園裡兜兜轉轉，十分鐘前經過的地方，十分鐘後又重現。四周黑漆漆的，陰氣透背，風吹草動都像鬼影。

「沒用鬼……你到底認不認得路？」嘉芙有點害怕。

以學名來說，我們現在的狀況就是「迷路」……我知道這是我的錯，但爲了掩飾自己的無能，我就瞎說這公園是依照諸葛亮的八陣圖來建造……

「沒用鬼、沒用鬼！你這不可靠的男人！」

「對不起。再相信我一次吧……」

對著一個女生，我第一次產生內疚的感覺。

都怪我不好，十分鐘前還騙她說附近是墳場……

「呀！」

草叢裡忽然跳出一團烏溜溜的東西，嘉芙大吃一驚，一下彈跳到我的身邊，將手伸進我的臂彎裡。

那東西嘛，原來只是隻流浪貓。

但我忽然發現，草叢後出現了兩對眼睛，骨碌碌地望著我和嘉芙。

對方是一男一女，從表面跡象看來，似乎正在親嘴。

碰見這種尷尬的事，本來想裝作沒看見就可以解決，但，冤家路窄，對方竟然是我認識的人，而且還是我最不想遇見的——當勞和他的不知第幾號情人。

不過，當勞看著我的表情比我看著他的更加驚訝。順著他的視線，我才驚覺他的目光落在我的臂彎。

對，就是嘉芙不小心摟住了的臂彎。

我們四人同時定格了好幾秒……

那一次，命運真的對我開了個天大的玩笑。

03

在那麼尷尬的一刻，我曾有股衝動將嘉芙推向左手邊的草叢堆，但我知道這麼做就會失去一個好友，所以我還是沒有做出這種喪盡天良的事……

當勞拍拍膝蓋站起來，帶著一張笑臉離去。他的笑容曖昧得很，就像在圖書館找到一本好書，然後藏在一個隱蔽的角落，自得其樂……

「他是你的朋友吧？要殺人滅口嗎？」嘉芙指著當勞離去的方向，問我。

「這……我倆做的又不是見不得光的事，又有什麼好怕的？」我嘴裡這麼說，但心中隱隱感到不安。

「也對。」嘉芙微微點頭。

一晚過去了，我平安無事回家，洗完澡，睡好覺——殊不知，只在一夜之間，謠言已像病毒般在我看不見的網路上散播，一傳十，十傳百，連福利社的大嬸也知情……

第二天，上學。

當我走入教室，我感覺到許多奇奇怪怪的目光。

初時，還以爲是我改用豬油塑髮的事被發現了……

「健泰，是我的錯覺嗎？我覺得全班同學都在歧視我。」

健泰就在我的後座，正好抓住他來問話。

「嘿嘿，你眞不夠朋友，那個那個也不告訴我……」

「什麼那個那個？」

「你還裝蒜！不就是你令嘉芙懷孕了的事！」

「呿——」我把滿嘴的唾沫統統啐到他的臉上。

「幹！」他邊說邊用我的衣袖抹臉。

「你說話有沒有科學根據啊？」我匆匆澄清：「我和她根本是八竿子也扯不上關係！」

他只是嘿嘿笑了兩聲，完全不相信我。

WORRIED、SO WORRIED……到底是怎麼一回事？

不是自誇，我的聽覺真的很強，連二十尺遠的蒼蠅拍翼聲也聽得見。我佯裝專心上課，其實是在竊聽同學們的談話內容。這幾節課，我聽到很多不可思議的傳聞：

「穆子晨——懂得欣賞內在美，唯一有勇氣親吻恐龍的男人。」

「愛情由長跑萌芽，驚喜從肌膚開始，揭開他加入田徑隊的真正目的。」

「接近肥婆，相當危險，等同參加極限X-GAME，保險不受理。美國曾有痴心漢被胖女友壓倒，結果脊椎斷掉半身不遂……」

種種謠言排山倒海而來，我聽過最誇張失實的，就是關於我和嘉芙到了論及婚嫁的階段，她肚裡已懷有我的骨肉……嗚嗚……一個充滿前途少年的清白，沒想到就這樣毀了。

最怕的是，如果這種謠言傳入佩兒耳中，她懷疑我的審美觀有問題，到時就是跳到黃河也洗不清了……

下課時間，我在走廊碰見嘉芙。

她快快不悅，身上散發著怨氣，看來她在班上也有不快的遭遇。她接近我時，將我看作透明人一樣，直直走過。當然，我也沒膽量主動跟她交談。

流言蜚語害人不淺！我和嘉芙一段純真的友情，也就這樣毀了。

捫心自問，不心痛是騙人的——這段日子以來，她和我到運動場跑步，總是忘了帶錢買飲料，因此向我借了不少錢……

回到教室，我心情煩悶，就拿出下一節課的課本，藉助備課這種手段來分散注意力。刷刷刷，有人在黑板上寫字。我仰起臉，就看見當勞捏著粉筆，在黑板上畫了顆大大的心，框住「子晨」和「嘉芙」兩個名字。

我按捺不住，挺身走向黑板，一時找不到板擦，就用手掌猛擦當勞寫在黑板上的字。

當勞繼續寫字，我繼續擦，他寫，我擦，擾攘了整整一分鐘，同學們的視線都投過來了。

「穆子晨同學，你願意娶袁嘉芙爲妻，照顧她一生一世嗎？」當勞用一副證婚人的腔調說話，引得其他同學大笑。

「神經病！」我急得大叫。

「豈有此理！如果你對她一點意思也沒有，你怎麼解釋昨晚和她在夜深無人的公園裡手牽著手出現？」

「我只是和她一起到運動場罷了……」

「哦!果然厲害,懂得拿練跑來做藉口,約她出來見面……其實,她肯跟你去運動場一同跑步,早就是你的人了……」

「我和她不是那種關係!到底還要我說多少遍!」

「袁嘉芙有什麼不好?白白胖胖、可愛實用、冬暖夏涼。以同一筆婚姻註冊費,娶個像她這麼夠分量的老婆,你賺到了!」

「聽清楚,我和她只是朋友!嘉芙已經很努力在減肥,你們不要再說她的壞話!」

「哈哈哈,老公維護起老婆了嗎?」

當勞強詞奪理,我懶得再理會他。

與此同時,我的目光順著牆壁望向門檻,嘉芙竟然就在門外。她眼眶紅紅的,一副受了委屈的樣子,默默無言,轉身就走。

WORRIED、SO WORRIED……難道她聽到了我和當勞之間的對話?聽見了多少?

「你老婆走了啦,還不快去追?」

都怪當勞多事!我氣上心頭,一轉身用力推了當勞一下,令他撞到了黑板上,弄髒了他的襯衫。

「哎唷!」

先動粗的人是我，我正想道歉，當勞卻二話不說，用肩頭撞倒我，我身子往後跌，推倒了不少桌椅。

我猛呼氣，摸摸後頸，又衝上前和當勞推撞。

他被我推了推，只是後退了半步。

接著，我被他撞到教室最後面的壁報板上。

他推，我撞，推來撞去……

「喂！停！讓我來說句公道話吧！」健泰大喝。

健泰忽然冒出頭，擋在我與當勞之間。

「當勞，你知不知道你很過分？你這樣亂說話，可是會破壞一段至眞至純的愛情！」

未等當勞出聲，健泰又轉過臉來對著我說：

「你也眞是的！和嘉芙單獨跑步，你就要負上責任！正如古人的教誨——男人不該讓女人傷心，男人不該讓女人流淚！」

聽起來……健泰怎麼好像在幫倒忙，愈描愈黑……再說，我和嘉芙單獨跑步，還不是因爲他這傢伙爽約……

健泰自以爲成功擺平了事件，但當勞指控我挑起事端，怎樣也要踢我屁股一下來消這口惡氣。

「公說公有理，婆說婆有理，根據江湖規則，就用實力來解決吧！」健泰未經大腦思考，就說出這番話。

「怎樣用實力解決？」我和當勞異口同聲。

健泰語塞了。

當勞翹起了嘴角，似乎想到了鬼主意。

「下星期就是體育考試，我們來鬥高分吧？誰輸了，就要學狗叫三聲。你是田徑隊的隊員，不會不敢接受挑戰吧？」

「好！誰怕誰呀？」

我向當勞瞪了一眼，就算接受了他的挑戰。

一轉身，我就後悔了……

04

「聽說嘉芙爲你哭了。」

健泰平日嘻嘻哈哈的，我太少看見他這麼嚴肅的樣子，明明很想笑，偏偏又笑不出來。

放學後，教室的燈關了，窗外的光線搖擺不定。

我和健泰是值日生，要負責清洗黑板和整理壁報板。

「我相信，嘉芙是眞心愛你的。」

「你別這麼說好嗎？我覺得毛骨悚然……」

「今天，你爲了一個女人，竟然斗膽頂撞當勞，眞的令我對你刮目相看。感情這回事，是騙不了自己的。」

健泰長長嘆了口氣，多愁善感地說。

我也想過，假如眞的如他所說，在日久生情和日日嗅到我汗臭味的化學作用下，嘉芙不知不覺已愛上我，那我該怎麼辦呢？

不過，我最清楚自己，我的心已屬於佩兒，就算讓嘉芙得到我的肉體，此情亦只空餘恨。

離開教室後，健泰帶我走進隔壁班的教室，指著某張桌子，跟我說那桌上留有嘉芙的淚痕……

他這麼關心我，我也不好意思澄清，其實嘉芙的座位不是那一張……

他又說，女人就是愛做傻事，要是眞的出事，他肯定我會悔疚終生。

WORRIED、SO WORRIED……我爲嘉芙的事耿耿於懷。

回家換過便服，我奉母親大人之名，到市中心的超市搶購特價衛生紙。

我挽著四大串衛生紙由超市出來，還在胡思亂想之際，命運便安排我和嘉芙在前面的公車站不期而遇。

我鼓起勇氣過去和她打招呼。原來她剛和同學逛完商場，正要回家。

「今天妳有聽到我和當勞的對話嗎？」我問。

「一點點。」她板著臉。

WORRIED、SO WORRIED……就是說她什麼都聽到了嗎？

「雖然我很沒用，但我已盡了力，推了當勞幾下替妳報仇。」

「你搞錯了。我沒有恨過他。」

「那麼，妳爲什麼哭？」

「弄哭我的人是你呀！」說著說著，嘉芙用她的蘿蔔腿踹了我一下，重力加速度，痛得我哇哇大叫。

「你在班上亂說話，說得好像是我纏住你，而你卻不肯要我似地。我這次真的被你害慘了！」

「所以妳就為我而哭？」

「你想得美！鬼才會為你而哭！我是為自己而哭啊！和你這種又遜又醜又與垃圾是同類的男人傳出緋聞，其他人居然也相信，我真是委屈死了……你們班上那個健泰，下課時過來找我，跟我說你為我失眠撞牆哭斷腸，快要攀窗跳出去，所以我才過來找你……我們班上的同學不誤會才怪呢！」

幹……又被健泰擺了一道……如果有一天我化成厲鬼，他一定是我第一個要找的人……

嘉芙又責怪我自作聰明強出頭，讓其他同學有了更多造謠的原料，追根究柢，都是我昨晚迷路闖的禍。

「對不起……可以的話，我會補償妳的……」

一般來說，女生聽到我這麼誠摯的道歉，就算不放我一馬，也不會怎樣為難我的。但嘉芙得寸進尺，當下就說：「是真的嗎？那我不客氣囉。」

「妳……妳想要我怎麼補償？」

「明天，你給我準備好玫瑰花和情書，在我到校之前，放入我座位的抽屜裡。」

「不會吧？妳不是怕人誤會，又怎麼……」

「我會當著所有同學的面，撕碎你的情書，再將玫瑰花扔進垃圾桶。這樣別人就會弄清楚是你纏著我，而我對你毫無感覺。」

這一刻，不是開玩笑，我眞的有撞牆的衝動。但爲了保住一個少女的清白，我不得不壯烈犧牲，演出這齣求愛不遂的鬧劇。

「你有異議嗎？」嘉芙高舉拳頭。

「不，我……我總算鬆了一口氣。雖然妳的臭脾氣令人卻步，但畢竟有顆少女心，我曾擔心這件事會成爲妳的陰影，長大後會要求我負責……眞是那樣的話，我還是會願意負責的。」

嘉芙只是「哼」了一聲。

「對了……那以後，我們還一起跑步嗎？」

「你是在求我陪你嗎？」嘉芙凶巴巴的。

「對、對……是我求妳去，並不是妳跟著我。」

嘉芙望著天空，皺眉沉思了好一會，然後答應：「好，我去。我才不會迂腐得因爲別人的一點閒言閒語而放棄。我一定會減肥成功，教看不起我的男人跌破眼鏡！你放心吧，當我成爲美女之後，你會因爲是第一個被我拒絕的男生而感到自豪的！」

05

在夜間的田徑場，順時針跑。

到了第十一圈，我熬不住了，舉腳投降，不支倒地。

又輸了。八連敗。

我始終無法中止那老頭的連勝紀錄。

他每次至少繞田徑場跑二十圈，我跟著他的速度，不到一半就斷氣了。

WORRIED、SO WORRIED……明天就是和當勞一決高下的日子，雖然我已不在乎「人人以爲我是爲嘉芙而戰」的誤會，學狗叫的懲罰到底是要兌現的。

我拖著疲累的雙腿，走到柵欄那邊向嘉芙借水喝。

「嗚……我又輸了。」

「早勸過你不要惹事生非，活該活該！不聽美人言，吃虧在眼前。」

「誰是美人？我是不是眼睛瞎了，看不見啊……」

「你去死吧！」

我露出一個瞠目結舌的表情，那個自以爲是的惡女踹了我一腳。

由於經常和那老頭鬥跑，透過運動上的交流，在無言之間，我和他建立了一種詭異得難以描述的關係。他多跑一圈後，就過來我這邊，主動攀談：

「小伙子，你知不知道你輸給我的原因？」

「你年紀比我大四倍嘛。」

雖然一敗塗地，我還剩下一張嘴巴。

「矮子，你根本就不懂跑步。再這樣下去，不要說偶然一次，一百年後你也贏不了我。」

哼！明明他只是比我高出一點點，竟然叫我「矮子」，他也實在太目中無人了吧！

「矮子，你想進步，就要記住三個重點。第一，你跑步時身子緊繃繃的，這樣很容易累。第二，你擺動雙臂時，向前揮用力，向後揮也用力，根本就是亂來……要知道啊，雙腳是運動員的靈魂，雙手就是運動員的翅膀。」

他的道理給了我極大的啓發，我不禁捶一捶掌心，嘖嘖稱奇，作一個恍然大悟之狀。

「哦！謝謝前輩指點。那第三點呢？」

「那就是——不夠帥氣，難成大器。我比你帥多了，哈哈，所以你練一百年也只會是我的手下敗將！」

要是我的理解正確，他這番話分明是在羞辱我……

不過，聽了他給我的建議，我隱隱覺得老先生可能大有來頭。他只穿著一件白背心，卻在寒風中巍然屹立，連噴嚏也不打一個，目光銳利地瞄準場上每一個年輕性感的女跑者……

嘉芙忽然捏了我的手臂一下，叫我望向另一邊。我朝她所指的方向一看，只見有兩男兩女沿著跑道而來。

兩個哥哥，上身肌肉一塊塊的，眉宇間都是嚇壞小孩的霸氣；兩個姊姊，上身雖然平平無奇，但身段呈流線型，跑起來輕盈飄逸，看上去是女中豪傑。

四人有個共通點，就是身穿一樣的圓領運動衫，衣上印有「香港隊」三個字。

「前輩，晚安！」

他們向我旁邊的老先生請安，語氣畢恭畢敬。

老先生背負雙手，鼻子裡發出一聲，神色高傲得很。

我心中滿是疑問，忍不住問了句：

「老先生，你是什麼大人物嗎？」

其中一個哥哥代老先生答話：

「小兄弟，你有眼不識泰山呢！梁老前輩是香港前紀錄保持者，又是香港隊的前教練——人稱『火雞』的田徑魔人！」

受人諂媚，老頭子面現喜色，甩了甩手腕，說：「都過去了，不提也罷！免得嚇得小伙子，今晚睡不著覺。」

火雞？教練？田徑魔人？

我和嘉芙均大吃一驚，實在想不到眼前的老人竟是世外高人。

「火雞前輩，你退休眞是本地田徑界的最大損失！我們知道你每天都會來這裡跑步，便專程來探望你，望你指點一二。」哥哥拍馬屁的功夫相當到家。

竟然在這裡巧遇田徑界的名教練，我難掩驚喜之情，感動得幾乎快要屁滾尿流，不，熱血沸騰才對……

「喂，機會難逢，你快扯著他的大腿不放，求他收你爲徒！」我心中響起了這個聲音。

來到他的面前，我支支吾吾地說：

「火雞前輩，我姓穆名子晨，在XXX中學唸書……這段日子以來，眞的有賴你的照顧……能在這裡遇見你，我感到三生有幸，比中了彩劵更高興……」

「年輕人，說話別囉囉嗦嗦的。」

「如果我將來有什麼田徑上的疑惑，你可以再指點我嗎？」

「噢？換言之，你是想拜我爲師？」

「可以這麼說……不知我有沒有這個潛質呢？」

我終於說出口了，正期待火雞的答話，緊張得幾乎快要屁滾尿流，不，汗流浹背才對……

他上上下下打量我一番，然後乾笑兩聲。

「你的如意算盤打得可眞響呢！我教出來的都是香港隊的成員。你憑什麼做我的徒弟？」

我登時語塞。

「我……我有孝心。」我想到頭腦快要破了，才勉強說出這個搭不上線的優點。

「哈哈。你有沒有搞錯？不到黃河心不死。這樣吧，你跑一趟四百米給我看看，要是你可以在一分鐘之內跑完，我就考慮看看。」

一分鐘跑完四百米……我計算一下，發覺有點被他耍弄的成分……要是我眞的可以自由放鬆肌肉的話，還需要你教我放屁嗎？

不管怎樣，總要試試看，說不定我的個人潛能會因此被激發出來。

「一、二、三！」

嘉芙幫我計時。

四百米的距離說短不短，說長不長，爲免後段有氣無力，我第一個彎道慢慢地跑，在直線衝刺，再以屁股飄移技術轉入第二個彎。出彎道後，我的雙腳沉甸甸的，像在泥沼上拔腿一樣，幾經辛苦才挨到終點。

「時間多少？」

我走近嘉芙，急著問。

時間剛好兩分鐘……聽嘉芙說，好像比女子組的成績更差……

我抱著最後的一線希望，來到火雞面前，報告我的時間。剛才他目睹我奔跑的過程，說不定他獨具慧眼，能在細節裡發掘我未爲人知的天賦……

「怎樣？我有沒有練田徑的天分？」我問。

「唔……以你的資質……想要拿到獎牌也不是不可能啦。但可能只有一個方法……」火雞笑呵呵地說。

「那方法是？」我屏氣斂息，豎起了耳朵。

「方法是……你假裝成嚴重殘障人士，參加殘障人士的比賽。」

這番話猶如冷箭，直刺進我心靈最脆弱的一點。我頓時面如死灰，就是變了副拉不出屎來的臉色。

「哈哈，請恕我直言……年輕人，你眞是百年難得一見的——庸才！」

碰了一鼻子灰，呆了半晌之後，我掉頭就走，抱頭鼠竄地回去嘉芙那邊，恨不得馬上離開這片傷心地。

那種感覺，真是慚愧得無地自容。我也太自不量力了，人家是鬼才教練，會願意教我這樣的孬種才是怪事呢。

連田徑界的高人都這麼說了，我的自信受到極大的打擊。

那個晚上，對我來說是個難忘又難熬的一夜，我第一次體會到現實與理想之間的差距。

空氣中，有絕望的味道。

夢想一旦碎了，它的碎片可是會令人很痛的。

06

這是我最想告假的上學天。

在我自信心最低落的時候，便要迎接體育考試，同時也是我和當勞之間的對決。

怪只怪自己說過那番托大的話，我只不過練了幾個月，竟然就向全年級最強的當勞挑戰，連我也不知自己是哪根筋壞了。

這一場戰鬥，勝算是零。

「I TRUST YOU！」

佩兒的話在我腦際間迴盪。

換作是以前的我，一定會選擇逃避。

但是，為什麼呢……自從和佩兒有了約定之後，我就覺得有些事明知道做不到，但我內心深處竟然有股矛盾的想法，相信自己可以完成它，創造出足以自豪一輩子的壯舉。

相信自己，相信奇蹟，相信未來。

只要肯踏出第一步，就有做得到的可能性。

「敗得難看也比臨陣脫逃來得灑脫！」

即使是沒有勝算的戰鬥，我也會繫好鞋帶，挺起胸膛，撒一泡尿，然後帶著鬥志之火走出更衣室外面。

午後，體育課。

學校操場，無風無雨。

考試項目是跳高、擲木球和折返跑，包含跑、跳及投的能力測驗，即是田徑運動中的三大要素。

一聽到是這樣的考題，同學們知道我是田徑隊出席率百分百的熱血隊員，紛紛都說：「呆子，這次的考題就像爲你量身訂做，你有很大的優勢耶！」

田徑隊的練習令我學懂了跑步、跳遠、投擲……幾乎所有項目的基本動作……可是，我無一精通，全是功夫不到家。

居然有同學過來問我跳高的技巧，我便搬出學過的東西：「跳高是高技術的田賽項目，要在助跑後單腳起跳，過桿技巧有剪式、俯臥式和背越式，背越式現在是主流。跳高的男子世界紀錄是二點四五米……」

在我背後，出現了當勞的冷笑聲。

「呆子，我由一米三十開始起跳，你呢？」當勞臉上盡是不屑之色。

反正已是豁出去了，以我所知，一米三十並不是很困難的高度，所以我也不甘示弱，接受了當勞的挑戰。

其他同學陸陸續續跳完，大都是直接跨過，毫無技術可言，但他們總算是合格了。

桿子升到了一米三十的高度了。

我的第一跳——

我大吸一口氣，助跑、急步煞停、背著橫桿跳起，然後落在海綿墊上，桿子沒有掉下來。

不過……

我是由桿下直穿而過……

當勞一邊忍住笑，一邊舉手，然後助跑，轉身起跳，一下子就騰空越過了橫桿。

「原來這就是背越式。比想像中簡單易學呢。」

上次體育課教跳高，當勞蹺了課，所以當我目睹他練也沒練就過桿成功，心中的驚嚇可不是說笑的。

第二跳。我以一個不可思議的角度撞上了橫桿。

第三跳。我閉上眼睛。

我用心眼起跳，哪知弄巧成拙，腳步錯亂，整個人直接撲倒橫桿，那個動作的滑稽程度足以令全班同學爆笑。

「哈哈！你太搞笑了！」

在跳高的項目，我吃了一顆蛋，慘敗。

之後就是擲木球的環節，體育老師黑加侖子已在操場上擺好了橙色的三角錐，劃分了五個區，由遠至近，依序是A至E。

擲木球的原理和推鉛球差不多吧？

我手裡緊握著那顆木球，將力量凝聚在球上，然後使勁推向空中——

出手角度太高了，木球直上直下，墜落在E區上……刷新了全班同學的最近紀錄。

「笑死我了……」當勞等人捧腹大笑。

同學們看了我的表現，漸漸不信任我了。

不用多說，我在擲木球這一局也輸了。三個項目，當勞已勝了兩項，最後一項折返跑本來是不用比了。但當勞爲人囂張，一心要徹底摧毀我的自信，便用輕蔑的語氣對我說：

「呆子，要不是跟你從小認識，還以爲你一直讓賽呢。跑步是你的強項吧？這樣吧，只要你在這項目勝了我，就當是你全勝。哈哈。」

在沒有退路之下，我忍氣吞聲走到起跑點，與當勞比肩而立。有生以來，我第一次不想輸給一個人，一個不用努力就遠遠勝過我的人。

儘管我的內心在顫抖，我還是大踏前一步，擺出了起跑的姿勢。

「我陪你一同上！」

健泰突然在我身旁出現，加入我這一組。他這傢伙，有時候眞夠義氣的，對當勞看不過去，就想替我挫一挫他的銳氣。

眼前是兩條相隔三十米的紅線。

所謂折返跑，就是在兩條紅線之間，一去一回折返三次，全程等於三十米乘以六。

我們三人一同站在同一條起跑線。

就只等計時的同學一喊，我們便一同衝前。

□

我忽然想起來了，當勞並非不可戰勝的。

小五的時候，我和健泰就合力打敗過他一次。

當時，期末考之後，校方安排一些課外活動，其中一項是兩人三腳比賽。

我和健泰組隊，因爲聽說獎品是圖書禮券，而我倆在書局看中了一本以藝術形式包裝的性感偶像寫眞集，就拚得跟什麼似地，雙眼滿布紅絲，比當勞那組更快抵達終點。

當一個男人決心豁出去，誰敢說他沒有勝機？

□

起跑之後，我最先衝出，爆發。

我比健泰快了半個身位，比當勞快上一個身位。

這固然很令人吃驚，但更驚人的是我可以保持優勢，沒有被健泰和當勞追上，跑在正中間的我，就像一個稍微突出的箭頭。

「熱血」就是一個咒語，就算我的基本能力比不上他人，有了它，我的戰鬥力就會倍增。

每一下後蹬，都彷彿會擦出火花。

快步，聲如鞭炮！

連我也無法相信，我竟一路領先，一眨眼，已直達對面的紅線，也是時候要掉頭了。

也在此時，我發現自己做了一件很愚蠢的事。

——我衝過頭了，費了很大的勁，才可收步轉身。

太遲了！

就是這一下吃虧，一左一右，健泰和當勞倏地搶先回頭跑，我已落後在兩人身後。

我奮起直追，勉強追近他們，怎料又衝過頭了。

他們轉身跑了幾步，我才轉身。

直線上，我也追不上了。

從後面看，我終於看清楚了，健泰和當勞原來懂得提前收步，蹲下來緩衝，用鞋尖僅僅觸及紅線，再順勢反腳一蹬，以迅雷不及掩耳之勢轉身。

在第一次折返的時候，我與他們的差距是一米，現在第二次折返，差距已擴大到了五米。

我這才發現，我只懂得一味直衝，這種不動大腦的跑法在今日的考試不僅不管用，更成爲了我的敗因。

在直線上，我也輸了。

我已傾盡全力，即使滿懷熱血，但還是落在健泰和當勞之後，那種巨大的差距，實在令人相當氣餒，甚至感到絕望。

人長大了之後，能力上的差異就會逐漸浮現。

到了最後一段路，勝利離我很遠，我只能眼巴巴望著前面那兩人的背影。

奇蹟並沒有出現。

在沒有懸念之下，我一敗塗地，而且輸得很難看。

儘管明知道會輸，我仍然感到悔恨無比。

只見健泰和當勞跑完之後，仍在爭議誰先衝線，當勞說他快了零點一秒，健泰說他快了一根手指。他們爭得不可開交，可能，在當勞的心裡，連我這個對手也忘記了。

我灰頭土臉地走過他倆身邊，打算自動消失。

「呆子……你……」健泰指著我的臉，露出吃驚的樣子。

恍惚了一會之後，我用手擦了擦眼角，竟抹到一點濕淋淋的液體——是我的眼淚？失敗者的淚水？爲什麼我這麼不爭氣？

當勞和其他同學望過來。

他們一怔，然後爆笑！

07

藍色是天空的顏色。

也就是尋找夢想的顏色。

但，爲什麼呢？

我眼中的藍天很高、很高，高不可攀，而我所追尋的夢想，也像天上那遙不可及的星光。

那團雲就像一張臉，正在用睥睨的眼角瞅著我。

也許，老天是在說，不管我如何努力，不管我千盼萬盼，這世上畢竟有我做不到的事情。

終點那裡的光芒、勝利的桂冠，永遠與我無緣……

我倚著白牆，在晴朗的天空下垂頭喪氣。

「你果然是躲在這裡呢。」

廁所是我的第一避難所，體育倉庫是第二，學校天台是第三——知道我這祕密的就只有嘉芙了。

雖然如此，她特地上來天台找我，我還是感到很突然。

「放學後是田徑隊的練習時間，大家已經出發啦，你還呆在這裡幹嘛？」嘉芙扠著腰說。

「我……我不去了。田徑隊的面子都被我丟光了……我無顏再見佩兒學姊。」我咬咬唇，黯然地說。

「你眞的不去？」

「妳就當我是自閉症發作，讓我一個人靜一靜吧，悲哀的漩渦很快會將我捲走的……」

嘉芙看著我，額頭皺成八字眉地看著我。

「你和當勞那場比賽我也看到了，我是被同學逼著去看的……唉，勝敗乃兵家常事，眞不明白你們這些男生，爲什麼會有這種無謂的尊嚴。」

當時有一大群女生過來湊熱鬧，原來她也在場……目睹我的糗事。

「果然，我只能當一個丑角。」我嘆息。

「雖然你是一個丑角，但可以成爲世人矚目的丑角，這也不錯喔！」

嘉芙笑容滿面，但她始終無法感染我。

我心中的沉痛，也許只有莎士比亞才會明白。

「唉、唉、唉！」我連聲嘆氣。

「你已經盡了力，就不算輸得難看……至少在我眼中是這樣的。還有，如果只是鬥跑三十米的話，你已經贏了。」

嘉芙的話在風中消散，當我回過神來，那邊的門已經掩上了。

我頭上，仍是一片藍天。

□

藍天下，田徑場上全是我們的人。

佩兒跑完一圈回來，額頭和頸項密布晶瑩的小汗珠，在她白淨無瑕的秀臉上，恍若光芒奪目的水晶。汗珠似是有香味的，濡濕了她垂下來的柔髮，霎時之間令她魅力四射，璞玉渾金，醉人亮麗。

她給我的感覺是「在沙漠上賣清涼飲品的陽光少女」。

我看得飄飄然，不自覺露出幸福的微笑。平日的生活猶如在沙漠裡行屍走肉，一天不見佩兒，就如一天沒喝水一樣——我最崇拜的佩兒就是我生命中的綠洲。

可以加入田徑隊實在太幸福了！

「你不是說要一個人靜一靜嗎？怎麼又來了？」

嘉芙看見我出席練習，雙眼圓睜地看著我。

「哈哈……忍住不見她，果然很困難呢。我想通了，看著自己喜歡的人才是治療悲痛的最好方法。」

當佩兒過來跟我說話，我臉上再出現笑咪咪的表情，嘉芙好沒來由生起氣來，大力捏著我的臂膀，弄得我的臉色都變青了。

男生們聽從袁學琛學長的指示，將欄架搬到跑道上。

我早有所聞，跨欄是佩兒最擅長的項目。

佩兒做示範，在地面霍地彈了三步，然後用輕盈的身法跨過欄。這一下起落，和中華餐館招牌菜一樣，一如既往博得大家的掌聲。

「佩兒的一跳，果然又性感又優雅。」我暗歎。

佩兒欣然答謝大家的讚美，傻嘻嘻地向大家鞠躬，眞可愛呢……我看了其他女生的跳躍，只能聯想到「笨豬跳」這個名詞，再多看幾眼的話，就要去洗眼睛了。我發現嘉芙原來有跨欄恐懼症，她在欄架前躊躇不決，一直不敢跨過去，最終她也放棄了，買了罐汽水，坐在跑道旁看風景，享受春日風情。

「你要有節奏感才行啊！不用跳得太高，恰恰好跨過欄頂才叫漂亮。」佩兒對我說，她頭上的藍蜻蜓髮夾閃閃生輝。

有幸得到佩兒的親自指導，那甜美無比的聲音教我心動，心兒好似繫著橡皮筋，七上八下，彈個不停。

我好像想通了。

就算我一無是處，只要可以一直留在佩兒的身邊就夠了……

08

時間過得飛快，就好像日日消耗的衛生紙，每天一張一張地消失。

指甲長了，又到了要剪指甲的時候，便感覺時間眞的在流逝。

一月、二月、三月都過去了。

我依舊隔天到田徑場跑步。嘉芙會陪我，現身率大概是三分之二。到了田徑場，我們基本上是各自分開練習，正如她一直強調，這不是「互相扶持」，而是「互相利用」，兩個人在一起會比較有恆心。

身爲一個凡人，總有氣餒的時候，我也曾咒罵腳下的紅色跑道，偷懶和放棄的念頭不停在腦中千迴百轉。

但，我還是選擇留下來了，儘管放棄比堅持更加容易。

我開始借閱一些田徑書籍，半懂不懂，胡亂編寫練習菜單。有時候，我故意不搭電梯，揹著書包，用「青蛙跳」的方式，逐層逐層跳樓梯上去。我住在二十樓，每次跳完，都會有半死不活的虛脫感。

中五生的會考〔註〕結束了，也就是說，田徑隊的隊長袁學琛將要暫別校園。如果考不好，可能就是永別。

今天是最後一次練習。

田徑隊的隊員爲了捧場，全員出席。

我們一夥人似是最早登陸的士兵，浩浩蕩蕩地闖進田徑場，就只欠一枝旗，來炫示我們霸佔整個場地的威風。

由袁學琛帶領男隊員繞著田徑場跑兩圈，他的均速已是別人的最快速度，一眾男兒氣喘吁吁地回來。在他指示下，我們還要做伏地挺身。

熱身之後，我們舉行一項特別的告別儀式，叫「薪火相傳接力跑」。各隊員分批在四乘一百米接力賽的四個接棒點聚集，由高年級的學長姊開始，把棒子一路傳下去，繞著整個田徑場，直至傳遍所有隊員爲止。

袁學琛把棒子交給佩兒，佩兒握著銀色的棒子飛馳，過了幾圈，棒子便傳到我的手上。我盡力用不羞於大家的姿態奔跑，一邊跑一邊感到依依不捨，只覺少了田徑隊的練習，日後就不知用什麼藉口見佩兒才好。

跑最後一棒的學妹歸來，完成了壯舉，全員歡呼！

「很感謝大家一直以來的支持，田徑隊的回憶，就是我們共同的回憶……」聽了袁學琛的告別

講話，女隊員的感情就如山泥傾瀉般爆發，個個露出飢餓的眼神，彷彿只要他有所鬆懈，她們就會將他撲倒……

「學長，可不可以把你不要的汗衫給我？」、「學長，請收下我這封一萬五千字的情書！」、「學長，不如讓我們每人都吻你一下吧！」、「學長，我要愛的抱抱！」……

我們這些不受女性歡迎的男隊員，一同望著躲在更衣室裡不敢出去的袁學琛，目光自是充滿了嫉妒和怨念。

看著他健壯的身軀和六塊腹肌，我也明白了女生們著魔的原因。

「袁學長？他已經走了。」

我們遵照袁學琛的叮嚀，每當有女生問起，一律作出這樣的回答，好爲他製造脫身機會。

「學長他呢？」

「他？他眞的走了。」

這已經不知是第幾個人問我相同的問題，但當我回想那個聲音，再定睛一看，才驚覺問話的人

註：香港中學會考是香港規模最大的升學考試，所有在本地就讀的中五生都會應考，選拔成績較佳的學生，升讀大學預科班。

是佩兒。

佩兒眼波流轉，聽了我的回答，眼珠頃刻變得黯淡，神情裡的失落是掩飾不了的。

袁學琛開溜的速度超快，我問了幾個人，也不知他的下落，聽說他最討厭這種拖拖拉拉的場合。

我走近佩兒身邊，問她要不要一起去吃點東西。

「好啊！走吧！」她淺淺一笑。

佩兒、健泰和我，再加上幾個隊員，沿綠蔭下的小路下坡。

我不斷說些從笑話集看來的笑話，可是說得不夠動聽，根本無人發笑。「幹！你的笑話太冷了！你閉嘴，我來說。」接著由健泰接話，他不講笑話，卻講老師的壞話，人人笑翻了。

但佩兒笑得很勉強，我暗地裡一直留意。

我發覺今天她的目光都有意無意地停留在袁學琛身上。

「明天在學校還會見到他吧？」我不經意說。

「啊，你說誰？」

「當然是超受歡迎的袁學琛學長啊。」

「不會啦……今天是中五生最後回校的日子。」

她搖了搖頭，心神恍惚，視線根本不放在我身上，也不放在任何一個地方，彷彿望向思緒的空洞，洞裡堆積了千絲萬縷的心事。

隔了半晌，她才緩緩地說：「不是啊……考上的話，還有機會再見的……」

有一種眼神，憂鬱得讓人看過就再也忘不掉。

剛剛，在那更衣室外，有個少女在等待，帶著凌亂的心跳，直直看著那扇掀開的門，而又一次再一次地失望。

我記得，當時，她手裡拿著一個小紙包……

□

翌日。在晨光艷照的走廊上。

我到校務處找正在值班的佩兒。

「早安！」

「嗨……」

佩兒無精打采的，有違平日的形象。

「我帶了早餐給妳，請妳試試看。」

「咦！這是……」

「這是這星期『零食物語』銷量排行榜NUMBER ONE的榛果巧克力！真的很好吃喔！」

「嗯！VERY NICE！」她拆開一顆巧克力，趁沒其他人看見，偷偷地放到嘴裡。

我感到安慰，送零食此舉雖然唐突，但不到二十元就可以換來她的微笑，非常值得。

「昨天，妳是不是有禮物要給袁學琛學長呢？」

我說到正題了。

她微微一怔，然後微微一笑。

「那也算不上是什麼禮物，只是一個祈福符。」

接著她打開書包，取出那祈福符給我看。祈福符是她親手做的，上面繡著「及第」兩字，論手工，比起市面賣的尚差一大截，但情深意重，任何男人都會深深感動的。

「可惜，就是無法送到他的手上……」

「不會的。」我搖了搖頭，就將一張便條紙塞到她的手心，又說：「這是袁學琛學長的住址，嘉芙給我的。就算在學校不能見面，妳也可以將祈福符放入他的信箱，有需要的話，我可以陪妳去。」

佩兒的目光帶著感激之情，弄得我怪不好意思的。

我笑了。帶著疼痛地笑了。

假如將佩兒的心當成蛋糕，切成十份，袁學琛一定佔去了大半，而我這種小人物，也許連一粒芝麻也不是。

對於自己得不到的女人，就要將她讓給最好的男人。

我只是個老鼠人物，射燈永遠照不到的小角色，無論在田徑場上，或是人生的舞台上，都是一樣……

該放棄嗎？這是個揮之不去的想法……

09

「哦……你向我要地址，原來就是爲了佩兒姊。」嘉芙同情地說。

我倆正在跑道旁熱身，她便一直聽我傾吐心事。

本來我還想向嘉芙套口風，但細心一想，問題已不在她哥哥對佩兒的心意，而在佩兒情歸何處。

「沒希望的人生眞是灰暗啊！」我感到悵惘。

該不該放棄？今天我就是爲了尋找答案，才站在這田徑場上。

「DON'T WORRY，BE HAPPY！」

平日愛喊我「沒用鬼」的嘉芙，竟然一反常態來鼓勵我，難道這就是書本上所寫的「患難見眞情」？現在眞想跟她合唱一首《友誼之光》……我望向她，卻發現她笑咪咪的。

「有什麼喜事啦？妳今天怎麼這麼高興？」

「嘻嘻，今天量體重，我發覺自己輕了九公斤——是九公斤啊！」

「會不會是妳家裡的體重機壞了？」

「哼！我家的體重機是電子磅，很準的。最近很多人都跟我說，我看起來瘦了很多！」

經她一提，她的確沒以前那麼肥胖。

「嘉芙，這幾個月來，妳覺得我有改變嗎？」

「你呀……比起以前那個畏首畏尾的你，好像有點不同。但有哪裡不同，我又說不出來……

咦！原來你長高了，比我高了點兒！」

嘉芙用手比劃，由自己的頭頂拉出一條水平線，之前我倆的身高差不多，但現在我已比她高出幾公分了。

四個月了，在這田徑場上度過了四個月的時光，連嘉芙也達成了她的目標，我不可以再原地踏步了。

「嘉芙，我想跑一次四百米，妳幫我計時吧。」

我在第三線道的起跑線上，做出蹲踞式的起跑姿勢。

前幾天，我在體育倉庫看到了一箱垃圾，正有惺惺相惜之感，就在那堆垃圾裡發現了去年運動會的文檔。沒記錯的話，袁學琛學長所保持的四百米校內紀錄是五十六秒左右。

現在，我想知道我與他之間的差距是多少。

「準備好了嗎？」嘉芙幫我計時。

「嗯。」我擺好架式，全神貫注地盯著跑道。

老實說，我根本就不懂起跑，這時只是憑著腦海中的印象，胡亂模仿袁學琛學長的動作。

「一、二、三！」

嘉芙發出信號，同時按下手錶的按鈕。

我藉助後蹬的反作用力，與地面大力磨擦，彈出，使勁擺動雙臂，將自己當成離弦的箭。

四百米是在彎道上起跑，我盡量配合彎道的弧度，沿著白線斜著跑。

旁邊的第四線跑道上，出現了一個虛影，他是袁學琛，我塑造出來的假想敵。

我看著他鋼鐵般的背肌線條，他的大腿彷彿安裝了超級引擎，一起步就給我帶來一股龐然無比的壓力，鞋印在我面前燙出一條灼熱的軌跡。

倘若我是箭，他就是一枚砲彈了。

我這種人，只能追逐他的背影而跑。

越過了直線，進入三百米的彎道。

袁學琛泡沫似的身影開始衝刺，我已經到達極限，他的速度依然快上加快，完全邁入一個我無法進入的境界。

我望塵莫及。

袁學琛太強了，我又怎麼比得上他？

也許，我眞的毫無運動方面的天分。

哪怕有一百個人勸過我放棄，哪怕我練上八輩子也不可能成功，哪怕我在世人眼中只是個痴人說夢的瘋子……但我就是不肯放棄。

只因爲這是我最想做的事情。

即使是我這樣的平凡人，也可以擁有很美麗的夢想！

我的生命，因爲夢想而燃燒！

喝！

我喉頭裡發出野獸般的吆喝聲，在逆風中豁盡僅餘的力氣，亂衝一通，朝終點前進，完成最後一段直線。

臉上的汗珠像漏斗般滴下，滴在襯衫，滴在地面。

到達終點的一剎那，我有種虛脫的感覺，累透了，走了幾步，便四肢垂軟、倒臥在地。

我輸了——

但我可以再站起來的。

一次又一次，我有的是無窮無盡的鬥志！

「沒用鬼，你猜自己的時間是多少？」嘉芙走近我，神祕兮兮地說。她那個問題根本是多餘的，我還沒猜，她就接下去說：「是一分零六秒！你的PB（PERSONAL BEST），個人最佳紀錄！」

我接過手錶，看了電子螢幕上的數字，方始相信這是眞的。

四個月前，我要用兩分鐘才跑完四百米，現在我總算有個像樣的成績。我曉得，剛剛已是我的極限，田徑運動可謂「一秒進步一秒難」，每想快上一秒，難度就是之前的好幾倍。

但這已經足夠了。這證明我並非弱得無可救藥。

「火雞老伯來了啦。」嘉芙向我提醒。

一如往日，火雞在這個時間出現。

我打定了主意，休息夠了，便朝他那兒走去。我初時一言不發地跟著他，他正緩步慢跑的當兒，也發現了我在他的身後。

「火雞先生，我可能真的是個運動白痴，怎麼練也不會有出息。不過，只要可能性不是零，就有值得嘗試的意義吧？別人要練十遍才做得到的事，就讓我練一百遍吧！你願意也好，不願意也好，只要你一日出現在這田徑場上，我也會像討厭鬼一樣，死纏活纏地跟著你跑。」

只要肯踏出一步，就會有成功的可能性。

但踏出那一步要付出很大的勇氣。

「我是一個笨蛋。但我是一個永不言棄的笨蛋。」

我仰起臉，發覺火雞停了下來，他回頭只瞧了我一眼。

然後一個蒼老的聲音透過他的背脊傳出：

「矮子，你真是充滿傻勁呢……嗯，很好，你抱著這個想法就對了，我欣賞臉皮夠厚的笨蛋。」

10

只要踏出一步，就有成功的可能性。

這個想法很荒謬，但在機率的計算上又確有這一回事。

就算一件事的成功率僅有千分之一，即是百分之零點一，只要試上五百次，重複嘗試即是累加，成功率一下子就會飆升至百分之五十——這不是什麼數字上的魔法，而是現實裡真正會發生的事例，上天一定會獎勵不屈不撓的挑戰者。

單靠努力還是不夠的。

像我這種老鼠人物，只有不停不停不停地拚命努力，才能得到勝利女神的青睞。

自從對火雞說出了那番話，為了證明我的決心，我還真是次次依時赴會。而他也沒有刻意逃避我，隔天出現，總是在固定的時間現身，就像氣象預報裡的天氣先生。

不論颳風下雨，不論月圓月缺，我絕不躲懶偷閒，在田徑場上揮灑了多得數不清的汗水。天是黑沉沉的，但晚上的田徑場仍是亮晃晃的，有好幾次渾然忘我，竟連運動場關燈了也在跑，結果就要摸黑回家。

火雞的練習菜單次次不同，有時是一直繞著跑道跑，跑上幾十圈；有時是猛衝一百米慢跑一百米再衝一百米，重複十個循環；有時圈速是固定的，有時則是隨意變化。

雖然我未必次次都能死跟著火雞不放，但跟得上的圈數愈來愈多。好幾次跟著他跑完全程，那種喜悅感還眞是不可言喻。

他是怎麼想的我不知道，我只知道，毫無田徑經驗的我，就只有使出這種下三濫的手段來向名師學習。

就算只是一小步，只要可以朝終點快上一步，對我來說就是一大步了。

每天火雞在田徑場上做什麼，我都一一照做，依樣畫葫蘆。我用我的四肢拷貝他的跑法、拷貝他的節拍、拷貝他任何一個小動作，連他蹲馬桶的姿勢也不放過……暖身運動呀、伸展操呀、摸屁呀，照單全收。

有後輩來向他求教，我就在一旁偷聽。

有人甚至懷疑我是他的私生子，他每回都是搖頭澄清，拍著我的頭說：「這小鬼頭，當我的孫子還差不多！」

我到底也不是全心耍賴，每到節日，我也懂得送禮。

復活節，我塞了一顆復活彩蛋到他的腰包裡。

端午節，我送了一包大肉粽給他。

他說想學電腦，又問我認不認識一個姓植樹名舞子的明星。我立刻明白他的意思，一回家就幫他燒錄了幾片影像光碟。

有一次，氣象局發布颱風警報，外面雷雨交加，我不帶傘就往雨中闖，來到田徑場時，全身包括內褲都濕透了。心想火雞不會出現，但他竟然出現了，和我一樣，從頭到腳濕淋淋的。看到他的時候，我很驚訝，他的表情看來也頗意外，街上連人也沒幾個的時候，就只有我們兩個瘋子會堅持跑步。

那一天，田徑場沒開放，我倆就坐在狂風暴雨的簷下聊天。那天我不叫他火雞，改叫他「落湯雞」。

「你平時跑不下去，是因爲腳累？還是腹痛？」他心血來潮，便藉問話來指出我的毛病。

我的答案是「腹痛」。

他摸了摸我的側腹，便說：

「這裡有一塊叫橫隔膜的東西。連呼吸也不會的人，根本就不會跑步。換氣的節奏就是跑步的節奏，一呼一吸，一呼兩吸，原理就和汽車換檔一樣。倘若一個人呼吸紊亂，時快時慢，不痛才怪……覺得痛的話，就用力一點呼氣吧。」

學會了這個竅門之後，我以後跑步，腹痛的情況果然大有改善，火雞的本事眞不是蓋的。

除了那次之外，嘉芙偶爾來陪我練跑，由一個雙眼水汪汪的妙齡少女來發問，火雞永遠不會拒絕，忍不住就會提點一下。

「跑步時，身體最應該注意的是什麼部位？」火雞問。

「當然是腳吧！」我搶在嘉芙前面回答。

「矮子，你這麼想的話，難怪總是跑不快。」火雞搖頭。

「那答案是？」我也用水汪汪的眼睛盯著他。

「是你的胸部和屁股！哈哈！」

火雞說出答案的同時，摸了我的胸部和捏了我的屁股一下，嚇得我整個人彈起來。

嘉芙眞的瘦了，在田徑場上偷瞟她的男人愈來愈多。火雞露出色迷迷的眼神，盯著正在跑步的嘉芙，就會發出感歎：「呵呵……小妹妹愈來愈標緻了。」

這好色老頭！我心裡這麼想的時候，也知道他是眞心幫她的。火雞通曉運動營養學，嘉芙依照他給的建議進食和做運動，減肥大計自然事半功倍。

「我的腿好像不屬於我的。」這是我那陣子說得最多的感慨。

每次練完，我一回家就抱頭大睡。

白襪子破了，就換一雙。

不知不覺，衣櫃裡完好無缺的襪子已沒幾隻，總共扔掉了十二雙襪子。

有幾天上學找不到襪子，差點就想向老媽借絲襪穿。

如此過了兩個月，有天晚上我從頭到尾緊貼著火雞的背後，跟著他跑了足足四十五圈，總共一萬八千米。

衝過終點線之後，我立時癱倒在地，雙腿再也不聽使喚，整顆心也在一下一下抽搐似地。

「我是不是暈倒了？」

田徑場關燈了，我躺在地上，看到了天上閃爍著的光點，才知道原來星光是這麼漂亮。

原來星星一直在天上，夜夜如是，只不過我們一直看不見而已。

那晚，星光燦爛如畫，我一輩子也忘不了。

「別躺著！快站起來！」

聽到一聲催促，我就趕緊站起來，追隨那個向黑暗裡挺進的背影。

每次劇烈練習過後，我倆都會慢跑五圈。火雞從沒跟我講過這麼做的意義，但以我所知，這就是緩和運動（COOL DOWN EXERCISE），照著做的話，翌日起床雙腿真的沒那麼瘦，大大減少長期訓練帶來的慢性傷害。

「矮子，你知道什麼是極限嗎？」

正在做拉筋伸腿操的時候，火雞忽然逗我說話。

「極限？不就是……盡了百分百的努力，也無法超越的一條界線嗎？而一個人的極限，就是視乎他的資質而定吧……」

「嘿。要是你是這麼想的話，你就很難再有進步空間。」

「那極限到底是什麼東西？難道你是想跟我說，人的潛力無窮無盡，不要相信有極限這回事，極限根本是不存在的……這不是胡扯嗎？」

我這次感到不服氣，向火雞頂嘴。

「我可不是胡扯。如你所言，極限是存在的……」

他饒有深意地稍作停頓，才接下去說：

「極限就是爲了突破而存在的。」

火雞對我說完這番話，就搶先一步離開田徑場，給我的眼睛留下一個飄逸的背影。

在晚風中，我咀嚼著火雞的話。

雖然這四個月間，他沒有眞正教過我什麼，但我在不經意間獲益良多。

儘管沒有明言，在我心裡，早已把他當成了師父。

11

田徑場。田徑場。天天都是田徑場。

由我踏上橘紅色跑道的那一刻，就與這個折磨人的地方結下不解之緣，留下無數腿毛、汗毛、鼻毛以及痛苦的回憶。

雙腳不疲累的正常感覺是怎麼樣？

我忘記已久了。

那陣子，我醉心在田徑訓練之中，將兒女私情擱在一邊……雖然並沒有俘擄過任何少女的心，但我總算擁有了佩兒學姊的照片。

佩兒要應付繁重的學業，忙得透不過氣，我看得心痛死了，差點就想到山上採摘一些新鮮的草藥，來為她泡製一劑愛心涼茶。

送零食、送飲料、借書還書、假裝走錯路而在她當值的走廊徘徊……不管是多麼雞毛蒜皮的小事，只要可以偶然在她的身邊出現，望著她的背影，就是一件很幸福的事。

那陣子還發生了一件和嘉芙相關的小事。

健泰千叮萬囑，叫我要守住這個祕密，不然他就會成為所有女生的公敵。話是這麼說，但為了社會大眾的知情權，也爲了避免再有女生成爲受害者，所以我覺得有必要公開他的劣行。

話說有一個下午，一頓飯吃得好端端的，健泰卻忽然離席，說有急事，悄悄溜回了學校。

到了放學時間，因爲我和他默書不合格，便被留堂補默。

「阿晨，我很多方面比你優秀，但論及投資方面的眼光，我眞是拍馬追趕也及不上你。」

健泰坐在我旁邊，好沒來由地感嘆。

「你說什麼？我可沒買股票啊？」

「我是說嘉芙……」

我愈聽愈糊塗。

原來健泰收到情報，知道全年級女生在這星期上家政課時量三圍，他這傢伙便夥同隔壁班的兩個男生，趁著中午無人，竄入教室偷看女同學寫在家政課本上的記錄。經過他們對人體學的認識及激烈的爭辯後，一致裁定嘉芙的身材是全年級最棒的。

「這種事太缺德了！簡直人神共憤！」

我曾仗義執言，斥責健泰他們這種行爲，但在他向我透露了部分資料之後，我就原諒了他的罪行……

「我看她只要再瘦兩公斤，當眞會成爲驚艷全校的性感火辣小野貓，到時候就可以上台領那個什麼的全年最佳進步獎。」

「拜託……那個獎是學業獎。」

如果健泰是這所學校的校長，他不出一年內就會登上報紙頭版，不出三年內就會坐牢……

健泰一會兒說羨慕我，經常和她到運動場跑步，她的身材無一不被我看光；一會兒又對我生氣，罵我自私，有好東西也不和他這個摯友分享，跟我翻舊帳，說怎麼去跑步也不叫他……

「你說得那麼好，幹嘛不去追求她？」

「噢？你一點也不在乎嗎？」

「我已經說過一萬遍……我跟嘉芙毫無瓜葛。」

「子晨賢弟！我今天才知道，你是這麼偉大的朋友！還以爲你、我和她會發展成三角關係，想不到你肯割愛成全……」

健泰痛哭流涕地看著我，猛搖我的雙手。

他看中了嘉芙，又拜託我做媒，我更不好意思向他澆冷水，因爲我曾在嘉芙面前說過「健泰有很多怪癖，譬如他經常不穿內褲……」耳濡目染之下，嘉芙應該不敢和他握手……健泰要贏得她的好感，相信會是一場硬仗……

嘉芙也經常向我炫耀，最近有不少人讚美她，令她變得飄飄然的，一點都不知道謙虛是中國人的傳統美德。

「沒用鬼，我懷疑你視力有問題。」

「為什麼？」

「這麼多人都說我瘦了、變美了！你最常在運動場上看見我的美態，怎麼你有眼無珠，就是從未稱讚我半句？」

「好、好……妳美得閉月羞花，美得沉魚落雁，美得令人患癌，美得令人癱瘓……」

嘉芙思考了一會，才聽出我在明讚暗諷，便狠狠地踹了我一腳。

看著她漸漸遠去的背影，我心裡不是味兒。

我肯定，這心酸的感覺不是愛。

對著佩兒，我有的是心跳的感覺；在嘉芙身邊，我會有一種溫暖的感覺。

可能是我自私吧？雖然我不會追求她，但也不願看見她交到男友。假如她有了男友，一切就會變得複雜了。我希望當我得不到愛情的時候，身邊也有一個沒有男友的紅顏知己陪伴我。

我希望可以一直擁有一個陪我哭泣的朋友……

嘉芙愈走愈遠了……

12

收到期末考的成績單之後，一個半月的暑假就開始了。

那年夏天，全是高溫三十度以上的熾熱回憶。

當上班族正在辦公室裡發出「我想放暑假」這樣的抱怨，我就在街上、跑道上留下一個個腳印，早一課晚一課，時而晨光透膚，時而涼風沁體。

烈日當空下，跑步是一種自虐行爲，但年少輕狂就是有瘋狂的精力，朝夢想的標竿直奔。

雖然距離目標還不知有多遠，但我心中的成就感與日俱增。進步並非一朝一夕，只有鍥而不捨地練習，忍耐痛苦並堅持到底，身心才會突破極限，由起初毫無經驗的白襪子，逐漸成爲經驗豐富的田徑巨人。

我的腳底起了繭，同時間，我亦清楚這是進步的烙印。

暑假期間，最教人感到難受的，就是無法與佩兒常常見面。見得最多的同學倒是嘉芙，她老是向我報告自己減了多少公斤。健泰對嘉芙有意思，開始撥打騷擾電話，又滿腦子是色狼主意，想約嘉芙到游泳池嬉水……結果嘉芙拉著我一起去……那天挺好玩的，我們三人擠進「大頭貼機」裡拍下大頭照，右下角有個日期，算是爲那一天留下了紀念。

八月上旬，中學會考放榜，透過嘉芙的第一手情報，我知道袁學琛學長的分數剛好能在原校升讀預科班。我打電話給佩兒報喜，沒想到她已經知道了，而且是袁學琛親口通知她的。她的聲音甜絲絲的，我深感不妙……

明明以爲是很漫長的暑假，很快就過了一半。

照照鏡子，再比照一下中二初期的學生照，我眞的大大不同了。現在的我留了個清爽的短髮，皮膚黝黑了，長高了。每天家裡開飯，我都會嚷著叫老媽替我多添一碗白飯。

追趕，追趕，我每一天都在與時間競賽。

火雞的練習我幾乎全跟得上。他神通廣大，帶我混進健身中心，那裡有空調，涼快得好像到了天堂。

在八月某一天，早上七點，電話一陣狂響，吵醒了全家人，竟是火雞打來找我的。他說他已來到我家樓下，叫我陪他晨運。我刷牙洗臉，錢包也沒帶就下去了。

當戴著墨鏡的火雞在跑車裡向我招手，我還眞是吃驚得瞪大了眼。

「小子，上車吧。」

「我們的目的地是哪兒？」

火雞含笑不語。

這些時日，我一直陪他上山下海，愛跑就跑，比年輕人更癲狂。我有時覺得，他是個頗寂寞的退休老人。

車子駛過海底隧道，沿著陌生的方向兜風，我就是猜不透要去什麼地方。車子停好了，我下車的時候，瞧見了「薄扶林水塘道」這個路牌。

原來薄扶林水塘就在山腳下，走向綠林深處，我們正好就站立在上山路的起點。

「不是開玩笑吧？」

我看著那條坡度六十度向上的奪命斜坡，真是倒抽了一口涼氣。我昨晚才聽了火雞的建議，連續跑了三百米、兩組二百米和三組一百米，練後不覺有事，起床後才覺痠痛得要命……他這老傢伙一定在暗笑吧？

「跑山路的要領，就是縮窄步幅，提高頻率。還有啊，下坡的時候，記得要用腳踝著地，這樣就可以減少對膝蓋的傷害。」

說完這番話，火雞便箭也似地跑出去了。

我也只好硬著頭皮，緊緊跟著他。他的背影在我眼中依然巨大。才跑完第一段斜坡，我就有了接近極限的感覺，但心想怎樣也不可被火雞小覷，便咬緊牙關地死追活追。

幸好有一段較平坦的直路讓我回氣，可是轉彎後，又是一條陡峭得令人望而生畏的長坡。

每當我力竭汗喘，就會想起火雞所教那個「儲里數」的概念——跑步就是在累積里數，你下苦功跑多少里，同等的力量就會存放在你的肌肉裡。

「如果這星期里數不夠，你就會退步。如果這星期里數多了，恭喜你，你就會進步囉。」

就當我被他騙了也好，至少讓我這種平凡人相信努力的價值。

上山的路綿綿無盡頭，聳立的岩壁光溜溜的，身前和身後的樹木都在眨眼之間即逝，臉頰被風抽打著，氣流纏繞頸項，漸漸令人透不過氣來。

九曲十三彎，連續上坡路，全不給人喘息空間，火雞帶我來這裡跑山，還眞是會折磨人。

呼噓，呼噓，骨頭就像散架了一樣，腳底的水泡也化膿了，但我全身的肌肉就像海綿般，要擠的話，總能擠出一點力氣。

換了是以前的我，一定會輕易放棄吧？

我追逐昨日的我，踏上未來的足印。

一步步，邁向曾經遙不可及的夢想。

左腳右腳，右腳左腳，向上跑，向上跑。

我腦子空白一片，身體就像蒸發了，但我依然咬著牙關，目光炯炯地仰望廣闊的藍天。

「可惡的老天，你別瞧不起我！」

在無數快要放棄的關鍵時刻，我還是抹抹汗水撐了下來。

「一旦放棄，之前的努力就白費了。」

陽光透過茂密的枝葉灑下，漸入佳境，再跑上一條乾硬的柏油路，火雞便在我眼前停步。

這裡就是終點？

我渾身流淌著熱汗，迷迷糊糊看著四周，天藍地綠，山霧繚繞，再望向身後，居然有公車總站，又看了看指示牌上的字，那邊是一幢叫「凌霄閣」的建築物……景點似曾相識。如果我沒記錯的話，某年小學旅行，曾經來過這裡……

「這是什麼地方？」

「呵呵，這裡就是太平山頂。」

太平山！

我征服了香港島最高的山峰！

這時我才知道，原來除了搭纜車上山頂，還可以用跑的方式來登山。火雞一直將我蒙在鼓裡，當我完成了這樣的壯舉，那種難以置信的程度，絕對畢生難忘。

「矮子，你真的進步了。」

這是火雞第一次稱讚我。

對著一大片山谷，我忽然覺得很激動，捏緊了拳頭，全身的熱汗在氤氳上升。

「I AM THE KING OF THE WORLD！」

在太平山之巔，我仰天長嘯！

那是一句很土氣的電影對白，這也是很丟臉的行爲，但年少的我就是不畏懼，眺望一個未知的世界，叫出我的心聲。

向著未來咆哮！

在清晨的山谷間，我聽見了嘹亮的回音。

夏天結束了——

ch3

瞧我！變得多強了喔！

我繫好了鞋帶　準備出戰
踏在橘紅色的跑道上
我的衝刺讓我變成飛鳥
在我背後長出翅膀吧

那終點線的後方有什麼我不確定
但我是為終點後的目標而跑
我知道那後面有我要找尋的

01

門後的掛鉤上掛著我的跑鞋。

那段汗流浹背的日子，轉眼即逝。

隨著夏天的結束，新學期開始，我已是中三生。

回到學校，人氣最高的話題莫過於嘉芙由肥到瘦的改變。歷時大半年的減肥計畫，終於令她有了連魔鬼也嫉妒傲人的三圍數字，連文學學會的主席也公開表示，一切描寫山峰的用詞都可套用到她身上。

加上她肌膚雪白，麗質天生不加防腐劑，有口皆碑，開學不到三天，已在校內的美女榜佔一席位。

相隔一個暑假，視覺上的變化更加顯著，以前在嘉芙肥胖時漠視過她的男人，忽然都態度大變，好像發現了一片新大陸，有的沒的向她大獻殷勤，讚的讚，誇的誇，送花的送花……聽說更有變態的同學跟蹤她回家。

現在，沒有人再笑她胖了。

除了我。

「豬小姐，平時去運動場，不見妳怎麼打扮，怎麼一開學就賣弄姿色？想勾引男人嗎？」

「嘿，你說誰是『豬』？我現在的體重是四開頭！四開頭啊！呵呵。有一點我要澄清，我平時不打扮是因為『樸素』，現在打扮就是『展現眞我的魅力』。你明白了嗎？」

哼……她囂張個屁！幸好我保留了她減肥前的照片，在必要時可以勒索她……

今年，健泰和我依舊是同班同學，三年來都在同一班，我和他的確有那個月球和地球之間的牽引力。

「暑假作業借來抄！」

全班只有少數人做好暑假作業，我馬上行動，從嘉芙手上借到人人垂涎的暑假作業完成版。健泰這傢伙卻趁我不注意，把那本作業搶了去，還把鼻涕黏在上面，害我和他一同挨罵。

「這樣做，嘉芙才會深深記住我！」健泰自以為求愛策略成功，我只在一旁掩面嘆息。

暑假前和暑假後，教室裡仍然是熟悉的臉孔，我們繼續製造共同的回憶，吵嚷嚷是一天，懶洋洋又是一天。

那個時期，我對田徑入迷，上課時無聊起來，就會在課本上畫火柴人跑步的翻頁連環畫。打電動，玩的是不停按鍵的田徑遊戲，朋友都說這種遊戲白痴，玩多了會導致大腦功能出現障礙，但我不理會世俗的眼光，就是愛玩。

我還買了勝利女神的裸照，當海報貼在房裡，保佑自己苦練有成果，旗開得勝。

近月，不知是火雞大發慈悲，還是中了彩券，在田徑場上願意教我的東西愈來愈多。

就好像昨晚他正經八百地對我說：

「趴趴，就是奔跑的最高境界。」

火雞所教的道理太深奧了，有時充滿禪機，要參透還真是不容易呢。

「照我理解……趴趴是跌倒的意思嗎？」我問。

「想跌倒，但不是真的跌倒。」他又說。

「什麼是『想跌倒，但不是真的跌倒』？」我困惑。

「唔……這理論太抽象了，不如你嘗試幻想自己是一條狗，被一條繩子牽著跑……」

很抱歉，我愧對恩師，無法做出這樣的幻想……

火雞又教我，練鬥志，一定要有假想敵。

「想著你的仇人吧！到了你這個年紀，總會有一、兩個仇人吧？要不，情敵也可以。」

我想著當勞，跑起來果然特別有勁。

原來鬥志就是這樣練成的。

「身體要放鬆……跑步的時候，身體不能太僵硬啊，不然力氣很快就會用盡。好了，這回要想著你的遐想對象，一邊跑，一邊想，興奮度要適可而止，否則……」

我將佩兒的照片放在錢包裡，早上看一次，晚上看一次，身體的柔軟度果然有所提升。

火雞教我的，有時是抽象的概念，有時是實戰的技巧。

一呼一吸，一呼兩吸，一呼三吸……這就是他傳授的「呼吸換檔法」。掌握了之後，就可以隨意調整呼吸節奏，讓更多空氣進入肺部，增加帶氧量，而肌肉裡的燃料需要氧氣來燃燒。總而言之，吸氣愈多，步速愈快。

因爲今年運動會較早舉行，開學不到三個星期，體育老師就叫我們申報運動會的項目。

運動會定在十月中旬舉行。

日子迫近，我加緊練習長跑。

WORRIED、SO WORRIED……等了一年的運動會終於要來了，今年我特別期待，亦特別緊張。

在那張項目申報表上，我圈選了我的參賽項目：

男子三千米公開賽。

02

我曾經問過火雞的意見：

「我適合什麼田徑項目？」

「田賽需要很高的技術，你四肢不協調，沒一樣適合你。你總算吃得了苦，要參賽的話，就要參加最辛苦的徑賽項目。」

果然，連火雞都這麼說了，我有自知之明，爆發力方面我一定比不上別人，短跑項目不適合我，我唯一可取之處就只有毅力吧！

正因如此，我決定參加距離最長的三千米長跑。

雖然每個人最多可以填報三個項目（兩徑一田或兩田一徑），但我爲了避免浪費體力來應付勝算不大的比賽，所以打算只參加一個項目。

押注全力，賭在最有信心的三千米長跑上。

「健泰，你會參加什麼項目？」

「三千米！我是毅力之男！」

儘管三千米賽跑名義上是公開賽，校方卻只准老師及中三以上的學生參加。我們今年升上中三，很多同學都躍躍欲試，單是我們班，已有七個男同學報名參賽。那時候，我們就是有股傻勁，覺得跑完校內距離最長的比賽，就是最了不起的事。

聽說，當勞也會參加三千米跑。

這項目強敵眾多，到時必有一番激鬥。如果這是上天給我的考驗，那我願意挺起胸膛接受最大的挑戰。

好奇，純粹是好奇，我問過體育老師可否更改參賽項目，答案嘛，當然是否定的……從好的一方面來看，我的決心更加鞏固了，眞正做到「泰山崩於前而色不變，麋鹿興於左而目不瞬」（在森林碰見從樹籐掉下來的泰山也不會驚慌，聖誕老人的鹿車在左前方出現也不會多看一眼）。

日曆很快翻到了十月。

距離運動會，只剩三天。

田徑隊本來就是可有可無的組織，佩兒今年學業繁重，我事事獻殷勤，也幫她處理了不少雜務。臨近運動會，我們主辦了兩次掛羊頭賣狗肉的特訓班，基本上不教任何東西，自助形式，由隊員搬運器材到操場自行練習，自己受傷了就自己包紮……

我本來想陪健泰練習跳遠，一看見佩兒在練跨欄，腳步就自動走近她的身邊，跟著她一起練跨欄。

「佩兒，妳參加了什麼項目？」

問這問題的時候，我已拿出了筆記本，好好記下她的答案，作爲比賽當日的觀賽指南。

「我今年會參加一百米跨欄、二百米和跳高。」

「嘩！全都是妳擅長的項目，今年『女子個人總冠軍』非妳莫屬……」

我正說到一半，背後卻傳來驚嘆之聲：「嗄？不是吧？」回頭一看，原來是嘉芙。嘉芙又說：

「我報名的項目竟然和妳一模一樣，眞邪門！」

要在佩兒和嘉芙之間二選一，我當然要支持前者。

「哈哈，有佩兒在場，嘉芙妳輸定了！」

嘉芙「哼」了一聲。

佩兒忙不迭打圓場：「阿晨，你不要胡說……」

嘉芙悻悻然，對著我說：「傻子，佩兒在高中組，我在初中組，根本就不會同場比賽。恐怕你重色輕友，連這麼簡單的常識也忘了。」

我感到困窘，無話可說，幸好佩兒滿頭問號，聽不賭懂嘉芙的譏諷。

嘉芙好像有點惱我，白了我一眼，便悠悠蕩蕩地離去。

脾氣古怪蘿蔔糕！我心裡暗罵她。但她瘦了，所以我罵起來也不夠痛快，眞是鬱悶極了。

「阿晨，你參加了什麼項目？」佩兒問。

「我？三千米公開賽。」

「加油喔！」

「會的、會的！」

我想起一年前許下的心願，心中有團熊熊烈火在燒。

「對了，你回家之前，記得檢查一下儲物櫃。」

佩兒說完之後，對我眨了眨眼，一番別有用心的意思。

她在我心中依然是天仙一般的角色，仙女下達的命令，我這等凡夫俗子又豈敢不從？我一直將這件事掛在心上，田徑隊的練習一結束，便帶著一顆期待的心，來到自己的儲物櫃前。

穿得過儲物櫃四邊縫隙的東西，應該就只有紙張吧？

毫不意外，我在櫃裡發現了一個藍信封。

信封裡果然有一張卡。

出人意表的是，那是一張奇怪的卡，給人的感覺怪怪的……要不是早知道是佩兒送的，我應該就會馬上丟掉。

卡上，除了佩兒親筆寫的署名和日期，再也沒有其他文字。

圖畫是一顆大水滴，佔去了卡面三分之一的位置。

這是個啞謎嗎？

我看了又看，只感到一頭霧水。

03

日曆上的方格，有半個月都打了叉叉，明天那一格寫著三個字：

「運動會1st day！」

運動會的賽程分爲兩日，而我參加的三千米公開賽在第二天舉行。

這屆的場地是鄰區最新落成的運動場，位置有點偏遠，健泰說如果他要裸跑的話，那裡是不錯的地點。

運動場設有先進的電子計時系統，鳴槍連接計時器，終點線的邊柱更會射出紅外線。觀眾席的設計富有時代感，美中不足的是部分座位沒有遮篷，不幸若是曬上大半天定會變成燒豬。

運動會，開幕了。

順著班別，分成四堆人走到四隊各自的看台，聽說今年一開幕，就打破了歷屆運動會的遲到人數紀錄。

校長致詞、訓導主任致詞、男女童軍步操、紅十字醫療隊步操、紅橙藍綠四隊健兒進場……咦！我發現佩兒在藍隊的代表隊伍之中呢！藍隊的隊長是袁學琛，在他領導之下，藍隊的人氣焰高漲。

健泰和我是橙隊，嘉芙是紅隊，佩兒是藍隊，大家各散東西。

在運動會的第一天，我沒有比賽，只是個旁觀者，四處走來走去，跟田徑隊的隊友聊天打屁，並不怎麼感到緊張。想不到，隨著時間的倒數，體內的緊張感慢慢膨脹成了巨獸，到我察覺的時候，手心已經開始冒汗，甚至出現了小兒麻痺症的症狀。

運動會一解散，我立刻回家。

又在日曆上打了個叉叉，下一個格子裡寫滿紅字：

「運動會2nd Day——3000m必勝！」

爲了調整狀態，我停止練習了兩天，也吃了很多香蕉，確保自己排便順暢，未到七點整就上床睡覺。

WORRIED、SO WORRIED……

明天，就是我的戰鬥了。

一想到這件事，我就睡不著，怎麼辦？

但無論我怎樣用力闔眼，怎樣數綿羊數鱷魚，都是無法成眠。

廁所。廚房。臥房。

再去廁所，再入廚房，回去臥房。

我在床上轉換了四次睡姿方向，東南西北，睜開眼睛，仍是深夜。

睡不著啊……

漫漫長夜，很難熬！

我拿起室內無線電話，開始深夜擾民活動。

「健泰，你在做什麼呀？」

「拼拼圖。」

「拼圖!?」

「我四叔跟人合夥的拼圖精品店倒閉了，我過去撿便宜，找到一盒拼圖是克莉絲汀喜歡的足球明星。一個男人爲女人拼拼圖，她沒理由不感動的，你說是不是？」

「誰是克莉絲汀?」

「隔壁班的班花!連她你也不認識,你到底有沒有認眞上學啊?」

「不打擾你了……」

對這個天天只顧著泡妞的朋友,我是沒眼看的了。他壓根兒就不會明白我容易抑鬱的心情,向他傾訴也只是浪費時間。

掛線之後,我撥打嘉芙家裡的號碼。

「喂?」

是她的爸爸。

「晚安,我找嘉芙……」我裝成女聲。

等了一會,嘉芙終於肯接電話。

「妳在做什麼呀?」

「看電視。」

「明天比賽,妳不緊張嗎?」

「哈哈哈——」她心不在焉,一邊看電視一邊說:「有什麼好緊張的?我根本不打算贏,免得又被冠上什麼腿肌王的稱號……」

「我睡不著呀，妳要救救我呀！」

「喝熱牛奶吧，很有效的。」

「家裡沒有牛奶。」

「去便利商店買吧。」

「我不想多動，影響明天的狀態。」

「你很麻煩耶！用頭撞牆吧！撞暈了一定睡得著。我要看電視啦，掰掰！」

砰。她無情地掛線了。

這些就是朋友嗎？友情何價？人生的意義是什麼？正當我的思考由哲理性問題延伸到宇宙觀層面，不安的感覺愈來愈濃烈，手裡的電話忽然響了起來。

來電的號碼，居然是佩兒——

「喂？是阿晨嗎？你還沒睡吧？」

心有靈犀一點通！我才一想到佩兒，她就打電話來了。話說回來，我每晚想她的頻率還挺高的……

「GOOD EVENING！我一點也不睏。佩兒，妳是萬金之軀，明天又有二百米跑和跨欄的決賽，請妳一定要好好休息，養足精神，鳳體安康……」

「嘻，謝謝關心！明天就是你的比賽日，你會緊張嗎？」

明明緊張得要命，我卻佯裝無事，鎮定地說：

「是有一點點。我看過漫畫，知道適度的壓力對運動員有益，我有信心明天絕對可以跑出好成績。」

「那很好啊……我前前前天給你的卡，你丟掉了沒有？」

前前前天即是三天前，她給我一張畫了大水滴的卡。雖然我欠缺慧根，無法明白其中含意，但只要是她給我的，哪怕是一張糖果包裝紙，我也一定會妥善珍藏。

「丟掉？我怎麼會丟掉呢？不過，因為這幾天有點忙，還沒將妳送我的卡護貝，真是很對不起……」

「護貝？千萬不要！其實是這樣的，你試試將幾滴水沾到卡上的圖畫，最好是用汗水……怎樣？有沒有字出現？」

沾水？我從抽屜裡拿出那張卡，因為緊張的緣故，滿額都是汗水，現在正好派上用場。怎麼沒想到是隱形墨水？我還以為佩兒一時冒失，忘了寫字……看見卡上隱藏的一段字，我的雙眼也沾滿了淚水。

佩兒鼓勵我的方法太有心思了。

「明天加油喔！你這一年來的努力，我都看到了，你一定要相信自己！」

「I PROMISE！」

我激動無比，體溫直線上升，心中還有很多話想說，但話剛到嘴邊，就被哽咽的感覺壓下喉頭。

記住淚水／記住汗水／一切都會令你成長的

這就是在卡上顯現的少女筆跡。

那個晚上，我是抱著枕頭睡著的，而枕頭裡放了佩兒給我的卡。我承認，我的確污辱了那個枕頭，對著它吻了又吻……我夢見了一年前在運動會遇見她的情景，腦中重播和她在公車上打勾勾的回憶片段，她的嬌憨百態像畫冊裡的彩圖般一頁頁出現……一切都像發生在昨天。

記住淚水。

記住汗水。

當我再睜開眼睛時，已經是第二天的清晨。

04

再過一百二十分鐘，就是開賽的時間。

今年的心情和往年不同，我不知自己現在的程度如何，但我在這一年間，熬過了無數痛苦的練習，有好幾次還看見死去的婆婆在地獄裡向我揮手的幻象……

因爲有付出，所以我想要一點回報。

洗澡。刷牙。換校服。

我的早餐只是一排巧克力和一罐「寶寶力量水」。

穿上新開封的短襪，再一次檢查運動袋裡的衣物，我便出門了。

不知爲什麼，儘管已停了兩天練習，身體仍有微微痠軟的感覺，可能昨晚睡不好，但這種感覺滿奇怪的……是一股正在醞釀的力量嗎？

「咦！呆子，你的頭……」

一見面，很多同學均吃驚地指著我的頭髮。

在外表上，爲了表現自己高昂的鬥志，我用了一款名爲「超硬膠刺眼炫目閃耀牌」的髮泥，將自己的頭髮弄得跟刺蝟一樣……如果不是違規的話，我有想過戴著一個榴槤殼跑步，這樣別人就不

敢湊近我的身邊……

「喂，你吃了豹子膽嗎？校規當前，竟敢『造型』？跟我走吧。」

排隊期間，一個風紀抓我出來，強逼我到廁所裡洗頭……嗚嗚，濕淋淋的頭髮像一堆雜草，我變成了雀巢怪人，回到隊伍，頓時淪爲同學的笑柄。

WORRIED、SO WORRIED……

倒楣的感覺又出現了……

本日首項賽事，男子三千米公開賽，第一次召集——

號碼布是橙色的。

在更衣室裡，我換上了跑鞋。

繫好了鞋帶，準備出戰，迎向門外充滿陽光的世界。

我幾乎是第一個到達集合地點，孤獨難耐，便回去廁所，小便後再出來。

健泰將鞋帶掛在脖子上，嘴裡銜著學生證，赤腳走來集合地點。這傢伙早上明明還呵欠連天，現在的他卻是雙眼炯炯有神。

我和健泰互相幫對方做暖身操。

望望周圍，只有三成是高年級的學長，倒是與我同年級的人最多。果然人長大了就會學乖，不會再參加自討苦吃的比賽。

當勞也出現了，一看見我，就用輕蔑的語氣說：「噢？你沒弄錯吧？這是三千米的比賽，七圈半呀，你能跑完全程嗎？不怕又再出醜嗎？」

對於他的譏諷，我沒有回應，因爲我將會用實力代我說明。

工作人員開始點名，比賽將會在幾分鐘後開始。

我嚥下口水，胃痛開始發作，心兒怦怦地跳。

驗證成果的一刻終於來了。

因爲是本日的揭幕賽事，全校矚目，副校長親自過來按鳴槍，冠軍更可獲得福利社大嬸贊助的「魚蛋燒賣兌換券」。

「請參賽者各就各位。」

副校長用大聲公叫喊。

所有參賽者在起跑線準備，三千米公開賽的起點在田徑場另一端，和二百米的起點一樣。

因爲不設線道限制，聰明的我當然搶上前，爭取最有利的起跑位置。

「呆子，你的鞋帶鬆了。」

當勞忽然提醒我，我沒想清楚就蹲下來，看了鞋帶一眼，才發覺已中了當勞的小伎倆，被擠到

了最後面。

一開始就倒楣，和去年一樣，不祥的預感……難道我會重蹈覆轍？會不會吊車尾？會不會無法完成賽事？

嗶！

鳴槍一響，猶如山洪暴發。

所有參賽者傾巢而出，使盡九牛二虎之力，爭奪內線道。

我起步。

即時疾衝。

比賽一開始，觀眾席那便發出很大的驚呼聲。

我繞了一段路，從外線道切入，一下子就追過了所有人，衝上第一位，然後不顧一切地直衝，一路領前，闖入看台前的一百米直線。

我覺得雙腳充滿力量，又擔心被人追上，便繼續衝呀衝。

轉過一個彎道，觀眾的驚呼聲只增不減，我覺得有點奇怪，跑完直線，望望後面，才發覺自己竟然甩開了後來的跑者足足五十米以上！

糟糕了！我的跑速會不會太快了？

這個時候，我應該相信自己苦練一年的成果。

不管了！我望回前面，將全部力量集中在雙腿上。

豁出去，再加速。

愈跑，愈快。

在今天的田徑場上，我要燃盡我的生命！

05

天空，原來是這麼藍。

不過，這種太陽想燒死人嗎？

想起來，那天體育課慘敗給當勞之後，我也一直望著天空發呆。

田徑場明明是熾熱的，四周都是氤氳蒸發的熱汗，但我體內的熱血卻漸漸在冷卻。

看台那邊沒什麼歡呼聲，三千米長跑是挺悶人的賽事，去年我還是觀眾的時候，恐怕早已在看台上昏昏欲睡了吧？

今年，我卻是在跑道上折翼的選手。

世界很寧靜。只剩下我一個似地。

我停下來了。

只是跑了一千二百米左右，我就停下來了。

今日天晴雲稀，氣溫攝氏三十三度，相對濕度百分之八十，空氣污染指數四十五至六十五，紫外線指數零點七……爲了這一場比賽，我做了萬全的準備，連天氣報告也背得出來。沒想到我這種人一上場就會緊張，跑得毫無章法，跑得一塌糊塗，將平日學到的東西忘得一乾二淨。

去年，我是最後一名。

現在，我的位置也是最後一名。

誰教我不自量力？

早知如此，當初就不跑那麼快了……

完成第一圈時，我又忍不住回頭，竟發現已經完全離群，超前了其他人一百五十米！

首圈的速度太快，快得太離譜了。

那種跑法，猶如自殺。

我腦中一片混亂，繼續衝、繼續衝，滿腦子只有奔跑這回事。忽快忽慢是致命大忌，但我竟然犯下這種初學者的錯誤，心中的懊惱和悔恨眞是到了想掐死自己的地步。

到了第二圈，我的速度陡減，愈來愈慢，要是打個比喻的話，就是一種輪胎爆破的狀態。

後面的選手也逐漸追上來了。

我用力呼氣苦忍住，腦裡盡量想些輕鬆的事。

但，很快，快要抽搐的感覺縛緊雙腿，虛脫的感覺傳遍全身，彷彿跑進了吞噬靈魂的沙漠裡，我的身體逐塊逐塊龜裂了。

我跑不動了。

我再也跑不動了。

那一刻，故障燈亮起。

雖然再辛苦的訓練都一一熬過，但實際比賽到底是不同的。我的內息異常紊亂，恰似一個潛水已久的人，再不浮上水面就會溺斃。

前面彷彿是完全缺氧的世界。

我就那樣動也不動地站在跑道上。

七圈半的路程，現在到了第三圈，果然發展成健泰和當勞爭勝的局面，最先超越我的人就是他倆。當勞越過我的一瞬間，冷冷瞅了我一眼，那眼神的意思再明顯不過：「白痴。你該死。」

健泰好心盯了我一眼，關惜之情溢於言表。

其他選手也一一超過我了，有的人還嫌我擋路呢。我的臉色一定很難看吧？跑道旁的工作人員過來了，問我是不是中暑。

時間如蒸發的汗水。

而絕望就像絕壁一樣擋在前面，令我無法再踏前半步。

大約有兩分鐘吧？健泰和當勞再度超越我。我落後了整整一圈，已是爭勝無望了，縱使恢復了一點體力，再跑下去也是毫無意義吧？我腦中只想之後去跳遠場地那兒，含淚抓一把泥回家留念。

萬念俱灰之際，耳邊忽然出現一陣急風，我還來不及反應，腦袋就吃了一下重擊，弄得脖子一歪。

我回過神來，望清來物，竟是一隻鞋子。

幹！誰用臭鞋扔我？

這時，在綠茵草地上，嘉芙正走過來，她的左腳少了一隻鞋。

「沒用鬼，你清醒了沒有？比賽還沒結束。」

我吃痛地摸著頭，對著她，露出一張愁苦的臉。

「我已經是最後一名了，還有什麼好追的？」

「一直以來，你都是從後面追上來的！最後一名又怎樣？這只是你現在的排名，但不等於是你最後的排名！」

我怔怔地望著嘉芙，頓時感到內心澄明，本來纏繞腳踝的枷鎖，在頃刻之間崩脫解開。

既然站在田徑場上，就一定要完成賽事。

如果就這樣退出的話，就是輸掉信心，輸掉鬥志，輸掉永不放棄的精神……為了證明自己這一年真的進步了，我絕對不可以離開跑道。

要離開跑道的話，就要笑著離開。

我要追。

雙腳就像融化的冰塊，很僵硬，但要動的話還是動得了。

我這時才醒悟，比起太平山那條要命的地獄斜坡，跑在這麼平坦的跑道實在舒服多了。

我的腳步，飛起來了。

雖然我淪為最後一名，但其他選手的狀況也好不了多少，他們面青唇白，一副暮氣沉沉的模樣，我不太費勁，就接連過了幾個人。

而被我超越的人，並無緊纏不放，只像一個個洩了氣的氣球，我只感到背後有一雙雙充滿怨念的眼睛……

「是因爲我擾亂了比賽的節奏，所以大家跑得很辛苦……比賽只不過剛好到一半，他們已經沒體力啦……這麼說……」

一個極度瘋狂的念頭在我腦中閃過。

我又深深呼出一口氣，然後提速，雙腿就像順水行舟，總算能重新掌握自己的節奏。

不一會兒，健泰和當勞就在眼前。當我追過他倆的時候，略略加速衝刺，他倆只是驚訝地望著我，也沒跟著我一同衝，大概以爲我又在發瘋了吧。

在這熱浪籠罩而又滿是消沉跑者的田徑場上，跑得動的人所剩無幾，所以造就了我突圍而出的良機。

我又跑了一會，又再超越了好幾個人。每個被我追過的人，果然都會眼含怨念地瞪著我……我擔心被揍，腳步更不敢放慢了。

爲了省掉左右轉線的工夫，我索性沿著第二線道跑。

我毫無實戰經驗。

也不懂如何分配速度。

我不管一切，就只相信，汗水不會白流，就算勝利女神嫌棄我，我也要在今日的田徑場上，痛痛快快地跑一回！

燃盡生命，直至終點爲止！

一呼一吸，一呼兩吸，一呼三吸……

儘管腰腹仍覺疼痛，呼吸已慢慢調整過來，每次加快換氣，就是換一次檔，腳步亦隨之加快。

這時我也注意到了偷偷「上岸」的跑者。原來不少參賽者棄權了，溜到跑道旁的草地。我記得開跑時至少有五十人，現在驟眼一看，只剩下半數左右，難怪我過了一堆人之後，前面就再也找不到可以超越的對象。

由落後一圈多，我慢慢追上來，過了一個，又過一個，有的是未見過的臉孔，有的是被我超越一圈的人，背後瞪著我的眼睛愈來愈多——想必他們都覺得很奇怪，我怎麼還有精力繼續跑。

我這麼跑，不可能不累的。

我咬著牙關，憑著鋼鐵一般的鬥志，才挺到了現在。

目光下沉間，我瞥見鞋帶鬆脫了，但我知道我連繫鞋帶這麼簡單的事也做不到，只要一停下來，我就不能再起動。

我也差不多快到極限了啦。

——到底我跑了多少圈？

——我現在是第幾名啦？

這就像一場不知何時終結的噩夢……前面那位仁兄挺不住啦，噗咚一聲在我面前倒了下去，我匆匆繞過，才沒有踩中他呢。

就在我大感困惑的時候，眼前突然一亮，跑道旁的草地上站著一個少女，她一副十分著急的模樣，似乎是在等我呢。

「呆子！你是第三名啦！」嘉芙一邊喊話，一邊追著我跑了幾十米。

叮！

當我經過終點線的一刻，就聽到最後一圈的敲鐘聲，我揉了揉被汗水沾濕的眼鼻，沿著跑道一望，只見健泰和當勞的身影就在彎道的末端，只領先我六十米左右。

那是可以追得上的距離。我這麼想。

到了最後一圈，我不再理會呼吸，閉上眼睛，讓自己跑在一片空白裡。

儘管雙腳沉重無比，儘管腹腔的疼痛傳遍全身，儘管放棄的念頭三番兩次在腦中冒起，再難受的煎熬，我也一一熬過來了。

我唯一可以做的，就是跑下去。

一步一步追趕，一步一步踏下去——

踏出自己的路。

輕蔑的微笑、辛辣的嘲諷、失敗的痛苦……回想過去種種經歷，想到那些看不起我的人，又想到那些相信我的人，悲悲喜喜，笑聲哭聲，剎那間湧上心頭，好像有幾滴熱淚在我的眼角凝固了。

張開眼睛，映入眼簾的是彎彎的白線，這是最後一個彎道了，之後一切就要結束了。

我看到了。

兩個熟悉的身影就在我面前，已在觸手可及的位置。

最後一百米。氣氛的沸點。

當勞、健泰和我。

第一、第二和第三線道。

我們三人同時並排出現！

06

最後，我還是追上來了。

終點就在眼前，但遠得像在另一個世界。

誰也一定沒想過，我竟可以在落後一圈多的情況下追上來。

我知道，我體內的燃料早就燃燒殆盡，現在唯一可用來燃燒的，就只剩下鬥志和生命了。

比起我，健泰和當勞應該尚有餘力吧？

一瞥眼，瞧見健泰掀起嘴角笑了笑，就在下一秒，他有了行動，抬起的腿如滿弦的弓般拉起，即將在最後的直線俯衝。

可是，健泰才衝出一步，立刻就要止步，登時洩了勁。本來在第一線道的當勞，突然擺移身子，切入第二線道，擋住了健泰的身位。

健泰晃到我面前，我只差半步就要撞到他了。

健泰把握機會，俯衝。

當勞又算準時機，封位。

再衝。再擋。再衝。再擋。

這兩人由第一線道鬥到第四線道，激烈得難分難解。當勞長了後眼似地，死也不讓健泰超前，再按這趨勢發展下去，當勞就會以領先的身位直抵終點。

但，別忘了我。

他倆走的是斜線，而我只是筆直地跑，佔了一點便宜。

這微小的差距，足以判定成敗。

「**極限，就是爲了突破而存在的。**」火雞說過。

最後七十米。

一切力量，完全爆發！

我的雙腿早已不聽使喚，但我一直猛地向前向後揮動雙臂，感覺快要脫臼一樣，但只有這樣做，才可以帶動雙腿不停運轉。

狂奔！怒衝！

我追上了健泰。

再與當勞平排。

然後，我比他倆都要快。

之前是雙腳缺氧，現在身體每個細胞都在缺氧，這種窒息的狀態還不知可以維持多久——我曾跟自己說，再這樣下去，搞不好會猝死的。

「死，也要死在終點線後面！」

我雙眼暴睜，在心裡咆哮，在心裡吶喊！

繼續狂奔！繼續怒衝！

一剎那間，我看到了通往終點的光明大道，那些分隔線有如一條彩帶。

終點近在眼前，只剩三十米。

我只要能夠保持這半個身位，就可以完成一項驚人的壯舉。

就在我抬起右腿的一刻，驀地有股引力將我的左腿拉住，然後我猛然醒悟有人踩到了我的鞋帶，一時失足之下，屁股也就一翹而起——

時光彷彿和去年重疊了。

同一樣的位置、同一個我，身影在空中凝止了。

趴！我跌了個狗吃屎！

時間的秒針繼續轉動，看台上出現一陣騷動，而我的腦袋顛倒了過來，所有歡呼聲、驚詫聲和零碎的腳步聲混爲一體，鑽進我的耳裡。

終點那邊，健泰和當勞已經衝線了吧？

在這節骨眼兒，我的雙腿竟然抽搐了，連站起來也做不到。

我痛得眼淚快流了出來，但只能丟人現眼地倒在地上。

可惡，終點線就在眼前，但我……再這樣下去，銅牌不保了。

沒想到，連站起來也是這麼困難的事。

「我眞的很想要獎牌！」

慾望蓋過了理智，我望著終點的方向，再也顧不得形象，做出再度吸引所有眼球的事。

這就是——我強忍痛楚，以側身翻滾的方式來滾過終點線……我相信我是學校創立以來，首位滾過終點線的參賽者。

譁聲一片，觀眾一定看得目瞪口呆了。

本來好好的一場比賽，竟然就這樣被我搞砸了，要笑我就笑我吧！

之後，我癱在地上，眸子裡是白雲翩翩的天空，呆頭呆腦望了一會，健泰的臉突如其來出現在一片藍天裡。

他輪流抬起我的左右腿，替我拉筋，減輕抽搐帶來的痛苦。

「健泰，你有打敗當勞嗎？」

這是我第一件關心的事。

健泰向我伸出掌心。我愣了愣，才弄懂他是要和我擊掌慶祝，便使勁地和他互拍了一下。

「多虧了你，我才贏他。他踩到你的鞋帶之後，出現了一刹那的猶豫，我沒有放過機會，漂亮

地超越他了！」

太好了！健泰為我出了口氣，真是大快人心。

其他參賽者湊近我，我初時以為他們是想過來揍我，心裡打了個哆嗦，想不到他們只是拍一拍我的肩膀。

「你這小子……真是太教人吃驚啦。」一位戴眼鏡的學長說。

這是讚美嗎？我難以置信。

原來在其他人的心中，起初只覺得我是個傻子，到後來見了我那股連命也可以不要的拚勁，又勝過高年級的學長，創造了一場顛覆常理的比賽，致使人人動容，真心佩服我。

「好了，是接受掌聲的時刻了。」

健泰扶我起來，走向看台。

橙隊的陣地就在終點線附近，啦啦隊以至所有隊員朝我倆喝采，將獨創的勝利口號喊了一遍。

所有流過的汗水，都可以兌換成掌聲。

我終於——

可以笑著離開跑道了。

07

激烈的比賽過後，我沒有被送進醫院，令很多黑心的同學徹底失望。連喝八杯葡萄糖水，再加一條從加州進口的香蕉，體力便恢復得差不多了，如果再補充一點膠原蛋白，肌膚更可以恢復三歲時的光澤。

健泰是資深的運動健將，他比我更厲害，連水也不用喝，只是看了一會自己帶來的限制級雜誌，馬上就生龍活虎、細胞充血、渾身是勁……

健泰看得入神，而我在他身邊幫忙把風。

如果有哪件事能令他放下手上的雜誌，那一定是件不得了的大事。

在我倆安坐不久，就發生了一件轟動的大事。

從幾個路過的小學妹口中得知，多年來未逢一敵的袁學琛學長，大有可能在推鉛球比賽裡慘遭滑鐵盧，令他蟬聯個人全場冠軍的美夢粉碎。

名人PK，人人愛看。在這麼一股幸災樂禍的熱潮下，我和健泰便跟著人群過去看看。

推鉛球的賽場在田徑場一隅，還沒到那邊，就看到一堆圍觀者吵嚷嚷的，都像一堆沒見過世面的鄉民。

正輪到袁學琛試擲。

他就像一尊石像，站在圓形的投擲區裡。

他的兩臂像陀螺般盤旋，轉了一圈半，然後在肩上將球推出。連番動作一氣呵成，但出手太快，鉛球的角度偏了，掉在扇形的落地區外，出界。

袁學琛離開投擲區，頻頻搖頭。

「想不到，他這種人也會大失水準。」

「由第三擲開始，他就用這種亂轉圈的投擲手法，眞不知他在弄什麼玄虛。」

透過旁人的閒言，我知道第四輪試擲剛剛結束，只剩下兩輪試擲的機會。但袁學琛的成績並不是很理想，現在排名第六，奪冠的機會渺茫。

我早就有所聽聞，袁學琛稱霸運動會多年，感到玩得悶了，在今年的田賽項目之中，他就選了自己最弱的推鉛球，藉此向高難度挑戰。

眾人都抱著這個想法：「袁學琛雖然跑得快，但論及力量，始終難敵眞正的大力士！」

大力士就站在一邊，他是一座龐然大物，六尺高，臂膀粗，胸口釘著一張橙色的號碼布。他繞著雙臂，白了袁學琛一眼，彷彿在說：「鉛球賽場是我的天下，你慘敗，只怪你來我的地頭撒野。」

「向日峰。」工作人員唸出名字。

那男人揉了一把白灰粉，然後拾起鉛球，七公斤重的球在他手裡像顆雞蛋。他在投擲區裡做準備動作，彎腰墜身，把球放在頸後，側一側頸，又抬起頭，滑步一步半，把腳尖延伸至投擲抵趾板內圓，順勢把鉛球直推出去。

鉛球丟得老遠。

氣焰囂張的向日峰離開投擲區，勝券在握的樣子。

這個大力士頗有英雄風範，可是他的臉不夠帥，一個倒五邊形，像個蟹殼，愛以貌取人的女生看得提不起勁，不管他多厲害，給他的掌聲都像施捨似地。

健泰伸長脖子，偷看記錄員的計分板。

「現在戰況如何？」我問。

「袁學琛的情況不太樂觀。只剩下兩次試擲，但他的紀錄只有九米二二，比起向日峰的十米一八，可差得遠了。袁學琛的狀態十分差，九米的紀錄是在第二擲擲出的，除了這一擲之外，其餘的試擲都是『X』，即是犯規無效。」

原來袁學琛就是憑第二擲的成績進入決賽。推鉛球比賽的賽規和其他擲項大致上一樣，預賽三輪，決賽三輪，總共六次試擲，賽果以個人六擲裡最好的成績來排名。

「人人都是側身直推，就只有他用那種旋轉式推法，結果一次也沒成功過，不是踏線，就是把球扔出界外。」

「向日峰是上屆冠軍，知道袁學琛來挑戰，氣得連屁股也冒出火來，還用了袁學琛的照片來做靶子練習呢。」

正當大家議論紛紛之時，又輪到主角出場。

第五擲了。

袁學琛背對草地站立。

看來他又打算用轉圈的方法來推。

「如果他正正常常地推，或許可以爭個第二、第三名，但他偏偏要用奇怪的方法來推，自作自受！」旁人抱著這個想法，但我可不敢苟同。

我知道，對袁學琛來說，除了冠軍以外就是毫無意義，只得到銀牌或銅牌的話，這結果正正等同敗北。

經過半年來的自學，我對田徑的認識已是今非昔比。袁學琛那種旋轉式推法，才是頂尖選手普遍所用的技術。眾人覺得袁學琛的推法奇怪，就是因爲這技術極難掌握，在中學比賽並不常見。從體型來看，袁學琛不是力量型選手，單比臂力，他未必無敵。但倘若他善用下半身的力量，透過旋轉，把力量傳到上半身，化成推力，或許就會創造出一個反敗爲勝的機會。

這是破釜沉舟的做法。

也只有他這種人才做得出來。

袁學琛凝神聚氣，籠罩體外的空氣沸騰，蒸發。

他大喝一聲，開始動作。

他做的動作不是一般的直推，而是轉動全身，利用迴旋力把球擲出。

就像龍捲風，威力浩瀚。

半圈，一圈，一圈半，總共轉了一圈半。他在向前傾的時候，利用離心力把球推向天空，畫出一道砲灰掠過的曲線。

鉛球，轟炸一般墜落地面。

「他成功了！」有人大叫。

更令人吃驚的是成績——十米一四。

量度的同學朗讀距離的時候，圍觀者的驚歎聲一浪接一浪。

果然如我所料！

另一邊廂，向日峰目瞪口呆。

袁學琛的臉上仍是不怒不笑的表情，他升上了第二位，非常接近向日峰榜首那十米一八的成績。只要袁學琛再發揮出一圈半投擲的優點，要從冠軍寶座上擠走向日峰不是不可能，換句話說，向日峰的處境岌岌可危。

最後一輪試擲。

向日峰這一擲並不怎麼樣，連十米線也過不了。

照我看，向日峰自以爲必勝無疑，因此鬆懈了，儘管心理上很想擲遠，但放鬆了的肌肉很難再進入狀態，結果無法再突破自己的紀錄。

六擲之後，向日峰最好的成績是十米一八。

決勝負的關鍵一擲來了。

這是袁學琛最後的機會。

環顧四周，圍觀者愈來愈多，大家都在期待袁學琛的表現。

砰——

鉛球墜地的瞬間，像有砂石飛揚出來似地。

那顆鉛球，很明顯地超過了十米線，還準確地落在扇形區的中心點。

「十……十點四六米呀！」負責測量的人驚叫了出來。

十米四六。

太強了。

袁學琛延續了他的神話。

他果然沒有令任何一個人失望！不對，他至少令一個人失望，這個人就是他的手下敗將向日峰了。

啪啪啪……目睹這幕精彩的大逆轉，不鼓掌的也不是人了，掌聲有如瀑布沖擊石頭一樣。

袁學琛朝藍隊的方向直伸拳頭，展露他的王者風範。

「太厲害了……」我由心裡發出讚歎。

與此同時，我的舌頭酸酸的，有那麼一刻，我覺得自己的獎牌不值一文。

有種人，是我一輩子也無法超越的。

而袁學琛就是這一種人。

08

咔嚓一聲，按下相機的快門。

那張照片出來之後，可見我站在頒獎台的右邊，腳下是個「3」字。當勞站在「2」字上，板著一張臭臉。健泰赤著腳，咬著脖子上的金牌，擺出調皮搗蛋的笑臉。

我是在作夢嗎？比賽結束之後，我的頭腦迷迷糊糊的，始終覺得那只是一場夢。直到登上頒獎台，抖著雙手接過銅牌，我才相信一切是眞實的。

我依依不捨，不想這麼快走下頒獎台。

健泰和當勞先下去，然後一同瞅著我。

「呆子，你生平第一次得獎很高興是沒錯，但也不必一直傻笑到現在吧？你再這麼笑下去，學校會懷疑你有神經病……」健泰說。

抱歉……我高興得神經系統也壞掉，臉皮失控了。

佩兒在哪裡呢？

我看見她在藍隊的看台上帶領啦啦隊打氣。

換了平時，我一定第一個向她報告我獲獎的事，告訴她有個傻子因爲她的一句話改變了，今日的他終於可以昂首站在頒獎台上。可是，看見她忙得不可開交的模樣，我也不便打擾。

回憶那天在公車上和她打勾勾的事，我笑了。

除了佩兒，我還要答謝一個人……但我在運動場轉來轉去，東張西望，還是尋不著她，搔了搔頭皮之後，便回去橙隊的看台。

一上台階，就與健泰撞個正著，原來他正有急事找我。至於是什麼急事，他沒有明說，只是叫我跟他走。

「有人要見你。」

健泰笑著。

雖然和他有關的通常不是好事，但姑且還是再相信他一次吧！不過，這一次健泰的行爲很奇怪，帶我走的路線也很奇怪，就像在迴避什麼人的跟蹤。運動場又不是很大，左繞繞，右轉轉，弄得我有點不耐煩了。

「到了。」

健泰敲了敲眼前的門。

在看台後方的二樓平台上，有一個與世隔絕的房間，就是那種看似敲一敲門就有清潔阿婆冒出頭來的雜物房。

「誰家的橙最難吃？」門後的人問。

「杏家的橙。」健泰說出暗號。

嘎!?健泰帶我來這種地方，已教我滿頭都是問號，再聽了這番對答，簡直令我心裡發毛，全身冒出冷汗。

門後的人施施然開門。

我往房裡盯上一眼，連下巴都要沉到底了。

房裡大概有四個人，現場的布置嘛，有很多檔案夾又有筆記型電腦，居然還有對講機，感覺上就是個祕密基地。

四個人當中，有三個是女的，她們都在埋首苦幹，就是不知在幹嘛。

在房間的暗角，摺椅上坐著一個虎背熊腰的男人，這種氣氛，顯得他身分特殊，像是什麼幫派的幫主。

他一見我進來，就瞪大了雙眼，目光如炬地望著我。

那一張蟹殼臉，我是不會忘記的。

「我是橙隊的隊長——向日峰。」他說。

向日峰？哦！我叫了出來，再無置疑，肯定他就是那個在推鉛球比賽中和袁學琛對決的學長。

我也真是的，竟然連自己隊的隊長也認不出，看來我是難以在這個資訊時代生存的了。

「你就是穆子晨嗎？」

「是啊……你找我有什麼事？」

我的話才說完半句，他卻突然激動得站了起來，生氣地跺腳，直指我的鼻子，大聲斥喝：

「你知道嗎？你幹了一件很混帳的事！」

我聽得愣頭愣腦的，自問平時遵守校規，不嫖妓不聚賭不酗酒，連福利社的木筷子也不敢亂拿……如今受到這麼嚴詞厲色的責難，還真是教我摸不著頭腦，愣在那裡。

向日峰這個人喜怒無常，一手搭上我的胳膊，一手指著在另一邊托著鏡框的女生。

「向你們介紹。她是我的妹妹——向日葵。」

向日葵應該是中四的學姊吧，她的長相和向日峰完全不像，一張瓜子臉，高高瘦瘦，氣質溫婉恬靜，手持一份黏滿便條貼的文件，看上去就是個很能幹的女人。

「在三千米的賽事我有在旁邊計時……你猜你第一圈的時間是多少？」向日葵望著我，一開口就是一條問題。

我怔了一會兒，想了半天，我完成三千米的成績是十二分二十秒左右，除以七圈半，圈速就是……

「大概是一分鐘三十秒左右吧？」

在沒有電子計算機的情況下，我算出了這個答案，應該不會相差太遠吧？

向日峰卻搖頭了，大大搖了搖頭，連旁人也可感到他的急躁。

「那麼……不會是兩分鐘吧？哈哈。」

一說完，我才發覺漏掉了一件事，那就是我有兩分鐘以上的時間是完全停頓下來的，照理說第一圈的速度亦較快……

「五十九秒。」向日峰直言。

我只是微微一怔，霎時還想不透這個數字有什麼意思。

「我校的四百米紀錄由袁學琛所創，是五十五秒三三。而今年男子初中組四百米決賽，得勝時間恰好是一分鐘零一秒……我這麼說，你明白了嗎？」

我頓時呆住了。

「那就是說……」

「你看你幹的事多麼混帳！你應該參加的賽事不是三千米，而應該是四百米！」

09

我無法相信。

那個以前永遠吊車尾的我，眞的可以跑那麼快？

「三千米長跑。第一圈。五十九秒。這是只有傻子才幹得出的壯舉！」由隊長向日峰口中冒出來的話，極爲震撼。

「會不會是計時器壞了？」

我始終無法相信。

向日葵只是低頭看著手上的文件，正眼不瞟我一眼，便說：「我的確是遲了按秒錶，但我有信心，誤差最多是一秒。」

健泰套住我的脖子說：「你這傢伙眞的太扯了！我第一圈跑得算快的了，你卻領前了一百多米！」

向日葵托了托鏡框，又說：「比賽進行了半天，大部分比賽的成績都出來了。根據我輸入資料庫的數據，今年是橙隊和綠隊之爭。如果我們想在總分上勝過綠隊，最後的接力賽項目將會是關鍵——尤其，是男子初中組四乘四百米接力賽這個項目。」

說到「尤其」兩字，她特別加重語氣。

「我們找你，就是想請你代表橙隊，出戰四乘四百米接力賽！四百米本來是我們的弱項，但有了你這顆希望之星，我們就會贏！」

向日峰拉著我的肩膀，壯志激昂地說。

四乘四百米接力賽？我是希望之星？

我絕對無法相信。

「我……我不太行的。」我目光中盡是退縮之意。

「阿晨，一起跑吧！」

原來健泰也是接力賽成員之一，便和隊長一同勸我，說什麼打麻將三缺一，這樣的事會令上帝憤怒，導致隕石撞地球。

像我這種人，比賽運近乎零，摔倒這種事太常發生在我的身上，如此關乎榮辱的重任壓在我的肩上，一個不好連累大家，我就會受盡全隊上下的唾罵。

我正要說「不」的時候，腦海中忽然浮現了佩兒的面龐……

□

一陣涼風，吹過看台下忽明忽暗的通路。

我的口袋放著剛剛領取的銅牌。

「佩兒！」

就在自動販賣機前面，我等待已久的佩兒終於出現。

她正身穿學校的運動服，胸口掛著藍色號碼布，束起了長髮，笑容如陽光般明媚。那時候，我正巧背倚著牆，雙手插在褲袋裡，雖然英俊不足，但總算瀟灑有餘。

「阿晨，我快累死了呢！又要比賽，又要當藍隊的啦啦隊隊長。呀，對了，恭喜你呀！你果然做到了與我之間的約定，今年可以站在頒獎台上耶！」

「那件事……妳還記得？」

我故意裝酷的樣子即時崩潰。

她點了點頭，即刻做出一個打勾勾的手勢，勝過千言萬語。

「謝謝妳！」

這樣做雖然很誇張，但我情不自禁，禁不住向她深深鞠躬，一個超過九十度的大鞠躬。

是她，照亮了我的人生。

「傻瓜，這又有什麼好謝的？只要有恆心，鐵杵磨成『釘』嘛。」

「鐵杵磨成『釘』？不是『針』嗎？」

「嘻。你是男人，不用『針』的，只用『釘』。我有說錯嗎？」

佩兒的話果然有道理。

「妳下午還有比賽嗎？」

「有啊！是我最擅長的跨欄呢！四乘四百米接力賽，也有我的份兒！」

「佩兒，加油啊！我會爲妳打氣的！」

「謝啦。我要走了，回去藍隊那邊做牛做馬。掰掰喲！」

我跟她聊不上幾句，她就要告別。

望著她的倩影遠去，我始終沒有拿出口袋裡的銅牌。我默默地笑了，心中另有一番想法。

「喵！」

嚇死我了。

就在我想得入神的時候，嘉芙在我耳邊大叫。看我嚇了一跳的樣子，她格格地笑了一笑。

「喂，我要上洗手間，幫我看著這個運動袋吧！」

她不管我答應與否，硬是把運動袋塞到我胸口。

接著她又回頭，想起了什麼似地，伸出張開的手心。

「獎牌呢？」

「妳是說我的銅牌？」

「當然了。難道你會有其他獎牌嗎？借我看看吧！」

體重易減，本性難移，不管嘉芙在其他男生面前如何僞裝成淑女，她一對著我就會露出小辣椒的眞面目。

在她命令式的語句之下，我唯有服從，手伸進口袋裡，就交出那個銅牌。嘉芙接過之後，看了看，目光亮了一亮，令我懷疑她將那獎牌當成了巧克力。

「送給我行不行？」

嘉芙突然將雙手藏在身後，眼神狡黠。

「好啊。」

我不假思索，就這樣回答。

嘉芙凝望著我，一臉狐疑，攢了攢眉，噘著嘴兒，就將獎牌交回我的手中。

「哼！一點也不好玩。我知道你的心願，這獎牌是要給佩兒姊的，我才懶得搶你的。我在你心中的分量是比不上她的了。」

「哈哈。想不到妳也有自知之明。」

「哼！你重色輕友！」

她罵完我之後，氣沖沖地走進女洗手間。

眞好呢，我之前還在苦惱要怎樣將這東西給她，想不到機會從天而降……我將獎牌放入嘉芙託我保管的運動袋裡。

回望過去一年，有賴她三不五時相伴，排遣了我獨個兒練跑的寂寞……她常常做我的計時員，一毛錢也沒有收過……況且我能得到這面銅牌，也是因爲她用她的臭鞋扔醒了我……如果我不送這面獎牌給她，我就是個狼心狗肺的男人了。

這本來是一個遺憾，我感到對不起佩兒，但難得的轉捩點出現了——

我答應了隊長，參加四乘四百米接力賽。

在早上我雙腿曾抽搐過，在劇烈運動中會有再次抽搐的可能性……但我不想錯過這個機會，因爲我眞的很想要一面金牌。

爲了別人的信賴，爲了勝利和榮耀，爲了令將來的自己無悔無怨，我決定披著橙隊的戰衣上陣，再次踏上田徑場。

只因爲，我希望可以變成一個男子漢。

一個勇於接受所有挑戰的真正男子漢！

□

袁學琛好像看了我跑那場三千米的比賽。
接著他在男子高中組的四百米初賽，創造了五十四秒七八這個全新的校內紀錄。
他始終是個無人可以超越的王者。
在我踏出一小步的同時，他已跨越了一整條鴻溝。

10

啪啪啪！全場的掌聲都傾注在這名少女身上。
佩兒太厲害了，別人還在跳第七欄的時候，她已經衝線了，姿態優美不在話下，連一個欄也沒有碰倒，簡直就是完美的技術表現。

她的成績差一點打破學校紀錄。

有很多體育好的女生長得像猩猩一樣，所以當佩兒這樣的美人兒出場，便有如一顆耀眼之星，自然博得無數雄性人類的掌聲。在山上，更好像出現了狼的嗥叫聲。

我盯緊了獻殷勤的機會，早已在終點那邊等待，準備好營養飲料、毛巾、鮮花……等等。在她衝線的一刻，立刻就向她賀喜。

「佩兒，妳手上有兩金一銀的好成績，今年妳大有機會問鼎『個人全場總冠軍』呢！」

我拿出觀賽手冊，告訴佩兒這個好消息，她卻只是微微一笑，展現了運動員謙虛的一面。

正當我陶醉地望著佩兒抹汗之際，突然聽到「砰」地一聲巨響，跑道上有事發生。

現在上演女子初中組跨欄比賽，只見翻倒的欄架前有個女生跪著，這名參賽者竟是嘉芙。她站了起來，勉勉強強保住了平衡，往前跨步，又要跑到下一個欄架。

砰！

當我第一次看見她踢翻欄的時候，我想問那個欄痛不痛……

砰！

但當她再絆倒一個欄之後，我就開始爲她擔心……

砰！又來了，這次她的腳踝勾倒了欄架，重心不穩，雖然她在落地前用雙掌按地，但也受了小傷，整個膝蓋磨得紅紅的。

她忍著痛按住膝蓋，楚楚可憐，我看得心痛。

「嘉芙，不要跑了！其他人都衝線了，妳放棄也不會有人取笑妳的！」我在跑道旁大叫。

她看了看我，心有不甘地站起來，準備挑戰最後三個欄。突然之間，看台上的掌聲如爽身粉般灑下，瞬間令人精神一振。

嘉芙成功克服了恐懼，但技術方面沒有半點進步，砰砰砰，繼續踢翻了剩下的三個欄架，然後在一片掌聲歡呼之中抵達終點。

十個欄全倒。

可惜這不是保齡球比賽，否則她就是冠軍了……

我看得呆了，當我回過神時，紅隊的隊員已過去扶起她。我也眞的想不到，她的好勝心竟然強到這個地步，不愧是袁學琛的妹妹，體內流著運動家的血液。

在她被人扶到急救站的時候，我過去逗她聊天。

「嘉芙，我爲妳而自豪！雖然沒得獎，但妳令全場觀眾感動了！」

「哼！誰說我沒得獎？」她面有嗔色。

「妳有獎牌？」

「跨欄比賽只有三個人參加，只要肯跑就會有獎。」

「哦……」

嘉芙今天創造了她的傳說，以一分三十秒的成績，奪得女子初中組百米跨欄的獎牌……

我又聽見她嘀嘀咕咕地說：

「我才不希罕那個爛獎牌呢，我只是不想輸給她。」

「她是誰？」

嘉芙沒有回答，多走幾步，就到急救站了。

「待會兒，妳打開運動袋的側袋看看吧。我放了一件東西，給妳的。」我交代好了，留下惑然不解的她，逕自返回橙隊的看台。

11

自從我答應參加接力賽之後，我在橙隊裡就開始受到帝王般的待遇，肩上還貼著一張「VIP」的貼紙。

我可以享用運動員的特級休息席、可以任吃水果、任喝葡萄糖水……因為我的小腿在早上曾經抽搐，橙隊的幹事捧了一箱「冰肌鎮痛膏」過來，教我用熱敷或冷敷的方法來減輕疼痛。

向日峰愛惜人才，對我噓寒問暖之餘，還給我一雙歷任隊長穿過並輾轉相傳的釘鞋，至少十二年沒洗過，臭得難以置信。

「你要哪個女隊員服侍你，請儘管說，我們一定會滿足你的要求！」

雖然我知道他是在瞎扯，心中還是感到溫暖的。

午後，比賽漸入尾聲，各項目的名次落實，戰況愈趨白熱化。大會報告板上的成績不斷更新，大家都知道橙隊和綠隊鬥得難分難解，一時是橙隊領前，一時是綠隊迎頭趕上，鹿死誰手只有寥寥幾分之差。

田徑項目之中，只有「四乘一百米」和「四乘四百米」這兩項接力賽，由於是運動會的壓軸好戲，得分會以雙倍計算，絕對是榮辱攸關的重要比賽。

因此，我不容有失。

在更衣室裡，我一直在顫抖。雖然其他人說我有取勝的本錢，但我就是沒有半點自信。在三千米比賽中贏了那麼多人，感覺仍然很夢幻，我絲毫不覺得自己變強了，強得可以戰勝其他隊派出來的精英。

總覺得……我依然欠缺什麼似地。

當我還未決定參賽時，向日峰他們是這麼說的：

「放心啊，輸了也不打緊的。」

當戰情變得緊湊，人人的臉色都凝重起來。

「只要你盡了力的話，無人會怪你的——但一定要贏啊！」

出賽前，向日葵學姊用很恐怖的語氣對我說：

「全隊人的面子都在你身上啦，只許勝不許敗，否則你以後應該很難在學校『正常生存』……你輸了的話，回來就要接受被扔雞蛋的懲罰……」

我緊張得面色發青，健泰就安慰我說學姊只是嚇人的……但無論我怎麼看，也覺得她是個很認眞的人……她還派人來嚴密監視我呢……

「我……我肌肉有點痛，好像跑不動呢！」

「你想退出？」

「……可以嗎？」

「也不是不可以，在你決定之前，我想請你參觀一下敝隊的『刑具室』。」

WORRIED、SO WORRIED……現在已經到了不能退出的地步……

來到最後，大會在廣播中公布四隊的總分——

「所有個人項目已經結束，截至接力賽之前，橙隊和綠隊同分。」

在一片喧譁聲之中，我、健泰和接力隊成員走下橙隊的看台。儘管眾人面無懼色，我們都知道那是強裝出來的。

「接下來進行的項目，是男子初中組四乘四百米接力賽——」

一大群男人在跑道旁邊的空地上集合。

聽完工作人員講解規則，紅橙綠藍的接力賽代表陸續上場。

除了健泰，我還有兩個隊友，但他們的專長都不是中距離跑。經過向日葵學姊的精密計算，當勞是綠隊最強的一棒，只要我的圈速勝過他，那我們就有很大的勝算。

商量過後，由我來跑第一棒。

因爲第一棒不用接棒，動作再笨拙也好，只要將棒子塞到隊友的手上就可以過關了。

體育老師黑加侖子出來了，經過兩天的曝曬，他的膚色更加黝黑。在他指示之下，四隊的健兒依接棒次序排好，然後走上各自的跑道。

這時候，我才發現綠隊的第一棒竟是當勞。

我偷瞟了當勞一眼，然後在健泰耳邊問：「當勞四百米的最佳時間是多少？」

健泰摸著下巴回答：「不知道。他今年沒有參加四百米。但我記得那是他擅長的項目。」

將要上陣之前，向日峰又親自過來激勵我們，一番話說得慷慨激昂：「請你們拚盡全力跑吧！我們已替你們準備了氧氣罩！」

我這輩子，第一次扛上這麼重的擔子，在一千人注目的舞台上比賽，我覺得自己隨時都會心臟病發。

我不行的……我很想吐出這句怯懦的話。

明明是熟悉的橘紅色跑道，看起來卻似幻似真，就好像墜入一場噩夢，我的身子正在愈縮愈小。

「請男子初中組第一棒參賽者上前就位。」發令員說話了。

我的心愈跳愈快，雙腳竟然在顫抖。

「ON YOUR MARK——」

我盯著起跑線……

這時我才想到，我從來沒學過怎麼起跑……我壓根兒就沒想過自己會有參加四百米賽的一天！

「GET SET——」

發令員還沒有發出起跑信號，我就已經衝了出去，然後聽見連續三下的鳴響，有人宣判我偷跑，然後在一千對灼熱的眼睛之中，我成爲了眾矢之的。

糟糕……我又失準了。

向日峰、向日葵、健泰、當勞……所有人的面容在我的世界裡扭曲。

「要鎮定，別緊張！」

任何聲音，我都無法聽進耳裡。

要是再偷跑的話，我就會被取消資格。

我腦裡一片空白。

在這關鍵的時刻，我在跑道旁裹足不前，我很害怕踏出那一步，我是個沒用鬼，我害怕自己的失誤會連累大家……壓力太大了，我沒有勇氣去跑。雖然大家嘴裡說不會責怪我，但要是輸了的話，我一定會成爲千古罪人……

「阿晨！」

回首一望，佩兒的笑靨映入我的眼簾，因爲她是藍隊四乘一百米跑接力賽的成員，所以也來了我這邊佇候出賽。

她的樣子繼續在我的瞳孔裡盪漾。

我後退一步的話，就會變回以前的自己。

踏前一步，我就會超越過去、超越現在……

忽然間，我想通了——自己是為什麼而跑。

「佩兒……妳可以在終點等我嗎？」

我不由自主地來到佩兒的面前，在眾目睽睽之下說出這樣的話。

林佩兒果然是林佩兒，個性率直，不在乎別人目光，面不紅耳不赤給我回應：「阿晨，加油呀！雖然我不是四百米的專項運動員，但我知道，過了三百米的彎道就是決勝負的時刻。」

勇氣填滿了我的心靈，我對著佩兒大喊：

「看著我跑吧！我一定會第一個回來的！」

一瞬間，在場的參賽者都在瞪著我，哪怕是多麼地不知天高地厚，我這次終於可以挺起胸膛，站在這裡——橘紅色的田徑跑道上。

現在我把自己逼到毫無退路，除了贏之外——我有勇氣相信，我有戰勝一切的可能性。

「你以為你真的可以勝過我嗎？」

我走過當勞身邊的時候，聽見他冷冷的聲音。

「當勞，有句話我一直想對你說。」

「什麼？」

「太好了，不用等到明年，今年就有打敗你的機會。」

也不管當勞是否面色驟變，我逕自踏出下一步。

然後我全神貫注，在那條起跑線前蹲了下來。

12

「ON YOUR MARK——」

這個空間，只有四條跑道，四個人。

「GET SET——」

我俯臥撐起身子，盯著地面。

「GO！」

隨著起跑槍聲一響，第一棒的健兒迅速奔出。

正當大家十分擔憂我會因偷跑而被取消資格，我其實早已想出了對策，而且是個萬無一失的對策——

鳴槍響起之後，我還在原地不動。

我可以想像，橙隊那邊一定全是驚惶的臉。

大概遲了一秒多，確定前面的人已經起跑，我才向後一蹬，彷彿蹬在完全靜止的世界，一下子就進入了熱旋流動的空間。

欲速則不達。

這一秒多的時間，就當是讓賽吧。

比賽的輸贏不在誰先起步，而在誰先到達終點。

就算在開始時落後了，我也有信心可以追過所有人。這種自信，連我也不知從何而來，但我就是願意相信自己的雙腿。

雙腿的引擎開動了。

我每一下快蹬，都像在地面擦出火花，霹靂劈啪的步伐，緊貼著線道的內側奔馳。我將自己當成一條潛伏在海底的鯊魚，悄悄地從後面接近敵人，然後出其不意地襲擊他們，吞噬他們的鬥志。

第七線道上的我，一眨眼工夫，就超越了藍隊和紅隊的選手。

我亮灼灼的眼睛裡，只剩下一個人了。

第八線道上的當勞。

半年前在我眼中快得追不上的當勞，現在已沒有我想像中的快，在衝出彎道之後，我就開始逼近他，死咬著不放。

第七和第八線道的起跑點在較前的位置，而我和他又一路互不相讓，以全速奔跑，所以我們很快擺脫後面的跑者，身處一個兩人單打獨鬥的世界裡。

一進入最後二百米的彎道，我奪勢而出，和第八線道的他並駕齊驅。

當勞有意無意地睨了我一眼，看來他一點也不比我好受，我果然已逼得他喘不過氣來。

我和他心裡都明白——

誰可以堅持到最後，誰就是最後的勝利者。

尤其是我倆這般接近極限的速度，會令大量的乳酸積聚在雙腿，如蛆附骨，熬過了這一秒，下一秒就是加倍的難受。

可是，我先失速了，難得追上了當勞，雙腳卻沉重得快要沒入地面似地，一種五馬分屍般的猛力正拴住我的身體。

身子快要裂開一樣，意識愈來愈模糊……

原來四百米賽跑是這麼辛苦的項目嗎？

「既然這麼辛苦，我爲什麼不放棄？」我曾經問過自己。

就在今日的比賽裡，我找到了答案——

只懂一味直衝的我，根本就不適合做任何運動。

唯獨田徑，可以讓我毫無顧忌地向前直衝。

毫不猶豫地衝向終點。

有時候，我迷惘；有時候，我不相信自己。

但，當我汗流浹背的時候，我就知道自己的血仍是熱的。

熱得令我不得不跑下去。

跑道變成蚯蚓般的曲線……

曲線在光面蕩一蕩，又變回直線……

眼前是筆直的一條直路。

我霎時清醒過來，在最後直路，看台上的歡呼聲有如震撼無比的音響，好像有個聲音在我耳邊低吟：「覺醒吧！」我抖擻精神，看一看前方，發現當勞後勁不繼，先前的拉鋸戰已消耗了他所有體力。

「過了三百米的彎道，就是決勝負的時刻。」

終於到達最後的一百米，佩兒的聲音在我腦中響起，雖然看不見，但我清楚地感覺到她的存在。

我作出最後最盡力的衝刺，我要讓她看見我勝利——

我知道，在那終點線的後方，有我一直要找尋的東西！我不可以輸的！

距離由二十米、十五米、十米、五米……

變成零。

我不僅追上了當勞，還一鼓作氣超越他，全場觀眾狂呼大叫！我的前面沒有任何跑者了！

之前我忍耐得那麼辛苦，現在是反擊的時候了。

五米、十米、十五米、二十米……

每多超前一米，就是給對手一下更沉重的打擊。

還有三十米就到交棒區，我咬緊牙關，邁出一步又一步。

我的雙腿好像已不屬於我。

光，融化了我。

眼前的路變得光芒萬丈。

「啪」地一聲，我把棒子打落健泰的手心。

健泰一接到棒子，便豁盡全力跑出去。

看著隊友遠去，我滿意地笑了。我緩緩走了幾步，一個打滾，就倒臥在旁邊的草地上。在我倒下之前，瞥眼間，看見佩兒正在跑道的另一邊，對我做出「V」字的勝利手勢。

這感覺眞奇妙。

我眞的做到了！第一個回到終點！

□

我最喜歡躺臥在田徑場上仰望天空，朝天空伸手一抓，就像抓住夢想的感覺。

「瞧我！變得多強了喔！」

我對著天空大喊。

夢想，原來就在我的天空裡。

ch4

漁夫帽的邊緣沾滿淚

當天的妳和當天的我
曾打勾勾承諾過
有妳的日子就會有我
陪伴妳無論如何
直到有天妳不需要我

今天的妳遇上今天的我
點點頭無言而過

難得痴心又如何
怎麼這天不再需要我？

01

冬意濃濃，我一手靠樹支撐，一手握住腳跟伸展，在蔭下仰望滿頂遍地的晨光，然後再朝坡底的回頭路慢跑。

已是一月。

去年運動會的情景歷歷在目，快意奔馳，極速繞過彎道，超越一個又一個對手……只要回想那種快感，雙腳就會蠢蠢欲動，很想繼續跑步。

晨跑之後，我全身熱呼呼地回到家裡。

在我床頭掛著的，是一面女子百米跨欄金牌。

那金牌的彩帶裡彷彿呈現出當日的藍天——在那頒獎台上，我和接力跑的隊友又擠又擁的，才在格子上站得穩。第一次得到金牌的時候，我興奮過度，胡言亂語：「怎麼學校這麼寒酸，金牌連一K黃金也沒有？」弄得校長面色一沉，然後大家一同哈哈大笑。

「你眞的捨得給我嗎？」

「只要妳不嫌棄，我連高興都來不及呢！」

比賽結束之後，我將自己的金牌送給佩兒，藉口就是「答謝她有如菩薩般的庇佑」。

她亦把贏得的女子百米跨欄回贈給我。

「瑪莉瑪莉瑪莉謝謝妳！妳送我的珍貴禮物，我會一輩子好好保存它，甚至當作傳家之寶，流傳給我的子嗣後世。」我過度激動，將「VERY」唸成了「瑪莉」。

回想起來，我那個樣子真傻，第一次收到心上人送的東西，就把它看成一件定情信物。

贏了比賽之後，我感覺做人有尊嚴了，不用低著頭走路，不用再被人瞧不起，當勞也不敢再用以前的氣焰對待我。

「要是穆子晨再帥一點的話，我相信他會很受女生歡迎的。」

班上的女同學這麼說，我想了大半天，也摸不清這番話是褒還是貶。

在香港尚有長冬的時候，夾竹桃的花會在一夜之間落下，公園裡鋪滿了一地，讓我們踏著薰黃一片的小徑上學。

只要時間計算正確，配合天時地利，我們可以假裝偶遇自己暗戀的人。

短短數分鐘的聊天，再雞毛蒜皮的內容也夠我樂上半天。

只是，當清道夫再無落葉可掃時，離別的腳步已悄悄接近了……

□

「佩兒，妳吃不吃紅豆糕？」

今天下課時間，我帶著在家政課時做的糕點在樓下遇見了佩兒。

「嘩！給我的？我不客氣了！」

在福利社外面的餐桌那裡，佩兒用牙籤刺著軟綿綿的紅豆糕，嚐了幾口，大讚我的廚藝了得。

這個學期，中三級的男生和女生調換上家政課和工藝課，沒想到我在烹飪方面頗有天分，連綽號「虎姑婆」的家政課導師，也給我極高的評價。

「唉！為什麼學校這麼蠻不講理，不准我參加校際運動會呢？」佩兒嘆息。

「妳要準備會考嘛！」

「不知道學長的比賽是什麼結果呢……」

我校有一班運動員代表，今天將會參加區內的校際運動會，袁學琛學長更是大有機會奪魁的人選。本來佩兒是我校的明星選手，但因為她唸中五，還有幾個月就要赴考，學業為重，所以不得不放棄參賽。

「不如我們偷偷去看他們吧！」佩兒突發奇想：「下午只有兩節無聊的週會，不上也無關緊要

……唉！我很想去看他們比賽啊！」

「如果妳眞的那麼想去，我可以陪你。不如我們下午蹺課，不回學校，去運動場看他們比賽，好不好？」

「蹺課？」

「對啊！我今年的上課缺席率太低了，看了就令人害怕……況且，連蹺課也沒試過的話，又怎算得上唸過中學？（十九歲以下的年輕人切勿模仿。）」

佩兒想了想之後，眸裡滿是雀躍的喜悅，扯著我的臂彎，大叫：「好呀好呀！」又問我：「你不怕嗎？」

「不怕！」

可以和自己喜歡的女生一同蹺課，我這輩子也死而無憾了！

接著我倆密謀大計，約好中午一下課，就揹著書包到她的儲物櫃那兒會合，等到所有要外出用餐的老師離校了，我倆就趁著無人過問的好時機闖出去。

一切如計畫進行。我倆成功搭上計程車。

「麻煩到XXX運動場。」

我和佩兒相視而笑，心中充滿了興奮，私奔原來就是這麼快樂。

到了會場，我倆擔心會碰見領隊老師黑加侖子，左閃右躲，步步爲營，竄來竄去，終於看見幾個田徑隊隊友。她們滿臉驚奇地看著我倆。從大家口中，我們得知袁學琛學長正在出賽。

「你看、你看！」佩兒難掩驚喜，拉著我的衣袖。

目光在擺滿欄架的跑道上騁馳，我倆將身子伸出欄杆，瞧見了遠處的袁學琛。他穿著我校的運動服，正在一百一十米跨欄的起跑區做準備。

佩兒興奮過度，探頭出去，向袁學琛揮手。

他的眼眉揚起，愕然，發覺我倆了。

由於比賽即將開始，他無暇理會我倆，就蹲在起跑線前，腳踏助跑器，準備起跑動作。

鳴槍一響，八名運動員如狂瀾般迸出。

袁學琛起步不佳，落後了，首二十米都跑得不太穩定，連續絆倒兩個欄，不過他的爆發力驚人，急起直追，以其澎湃洶湧的動力前進。他升上第四位，眼看他有機會追上最前面的三個對手，已經到達終點了。

「真可惜！要不是起步不好的話，他未必會輸的。」

我說出我的感想，而佩兒露出更失望的神色，關惜之情盡現臉上，不能自已地朝終點的方向走。

一直向前望，袁學琛也向我們這邊走近。

佩兒神情忸怩，不知說什麼才好。

「麻煩妳走開。我不想妳在這裡，這樣會影響我比賽。」袁學琛竟然以嚴苛的語氣對佩兒說話。

他不再多說，頭也不回地走上階梯。

佩兒臉上蒙上了一層霜，眼圈微微泛紅，一副楚楚可憐的樣子。我輕輕按著她的肩膀。她對我笑了笑，拍了拍自己的臉頰，告訴我她沒事。

但我知道她受了傷，心中又豈會不難過？

那個午後，不知怎地，周遭都是憂鬱的氣味。我倆灰溜溜地離開了運動場，漫無目的，穿著校服在街上蹓躂。

「阿晨，你覺得我最近變醜了嗎？我的朋友都笑我人老珠黃……」佩兒開始亂說話了。

「胡說！妳的朋友才是殘花敗柳呢！妳是那種教人一見鍾情、二見無法自拔、三見死心塌地、四見至死不渝的風華絕代佳人！不懂欣賞妳的人根本就是呆瓜、傻瓜、笨冬瓜！」我捏著拳頭說。

「唔……你的意見眞的夠中肯嗎？」

「我的意見是最客觀的地球人意見，肯定準確！」

佩兒終於笑了，看見她破涕爲笑，我也總算鬆了口氣。

天空的湛藍中摻雜著白雲，像靛色鬱金香的花瓣，在樓群廈叢的夾縫裡飄染而下。

沿著公車路線，經過二十九個公車站，沒有醞釀著任何語言，只有模糊的方向，在無遮無掩的人行道上踱步，沉默是一種無聲的旋律——她走一步，我走一步，直至來到她家。

那一天，我發覺袁學琛學長也會露出狼狽相，他有個很大的弱點，而這個弱點就是「林佩兒」。

我也發覺，佩兒最想要的並不是我的獎牌，而是學長的獎牌……

02

每週三次，我依然堅持到田徑場練跑的習慣。我在跑道上跑圈熱身的時候，看到了一個熟悉的身影、一頭令人懷念的白髮……

「火雞！」我大喊。

火雞笑著向我揮手。

從十月到一月，我跟他有整整三個月沒見面了，上次在這裡遇見他，已是去年運動會之前的事，之後就不知道他去了哪裡。

今日一聚，始知火雞這陣子去了美國探望兒子和媳婦，抱一抱剛滿月的孫兒。火雞這次回港，就是辦一點事，收拾行囊，然後將會越洋西去，遷居到美國的舊金山，安享晚年……

可能永遠再也看不到他了……這是我第一次嚐到離愁別緒的酸澀，那就像是用最苦的中藥煉製而成的糖果。

「嗨！矮子，你的小女伴呢？」

其實我現在已長得比火雞高了，跑鞋也換了新的尺碼，但他叫慣我矮子，便懶得改口，反正我也不討厭。

「小女伴？誰？」我隨即弄懂了，便回答：「哦！你是說嘉芙。她這陣子也沒來了啦，她減肥成功之後，就只顧亂搞男女關係，簡直令人痛心疾首！」

「臨走前，無法多看她一眼……不，無法跟她道別，眞是可惜呢。」火雞笑著說。

慢跑一會兒之後，我們坐下來休息，繼續閒聊。

「你發覺自己有跑四百米的潛質？還在運動會贏了金牌？很好啊，我在你身上下的苦功沒有白費，四百米變成一個你完全適應的距離囉。」

聽到火雞這麼說，我大感愕然，如墜五里霧中。

「你不是說過……我只適合最辛苦的徑賽項目嗎？四百米又不是很長的距離……」

「你以爲距離愈長就愈辛苦？錯啦錯啦！四百米是從頭爆發到尾的項目，肌肉全程都處於極苛刻的缺氧狀態。一個人用盡極速奔跑，大概一超過二百米，乳酸就會在肌肉裡積聚，到後半段，簡直就是生不如死呢！」

原來如此！火雞要保持世外高人的風範，什麼事都不說透，我也沒有問清楚，結果就讓我繞了一大圈，才找到自己的專項。

他又說，他可不是事後諸葛亮，而是早就發現我有一個漂亮的屁股。在跟他練跑的半年裡，他配速的組合方式，有一部分就是中距離跑的訓練法，間接及無意之間，我已練就了一身兼具爆發力和耐力的體質。

「你眞是最棒的教練！請受我一拜！」

聽了我的誇讚，火雞只是苦笑了一下，慨嘆地說：

「唉，當教練其實是很殘酷的職業。在這世上，被上天選中的人其實不多。我給了運動員一個夢想，然後又要看著他們的夢想破滅……這樣的事太多了。」

夢想……破滅……

想當年……火雞又輕描淡寫地講了一些他執教時的往事，例如他的高徒火焰三丸子就和喇叭五俠鬥了足足九年……我聽得悠然神往。

「小子，跟我來。」

火雞說有東西要給我，帶我走進更衣室。

剛清潔完畢，室內瀰漫著看不見的濕氣，在某一角就是火雞專用的儲物櫃。他可以在這裡長期佔用儲物櫃，皆因他和運動場的主管是舊友。

儲物櫃門一開，果然沒有令我失望，是一陣和火雞襪子一樣的惡臭。

我捂住鼻子，陪火雞收拾東西：發霉汗衫、幾本書、蒼蠅拍、爽身粉、止癢膏……還有幾本七〇年代的絕版黃書。

就像挖寶般，我邊撿邊看，在那堆半是垃圾的東西當中，發現了一雙銀色的釘鞋。我和臭鞋特別有緣，一見這樣的寶物，尺碼又合穿，目光便大亮起來，向火雞露出充滿貪念的眼神。

「你想要啊？可以拿去啊。這是我以前一個學生留下的。」

「他現在呢？」

「死了……死於交通意外。」

……這不就是遺物嗎？既然這雙鞋有段這麼可歌可泣的故事，我也老實不客氣了，將它據爲己有，繼承先人的遺志。更何況，省錢是人生大事啊。

火雞將一本書給我，一翻開，全是英文字。

「這本書也給你吧！書上記載了田徑技術的訓練方法，我以前教人也是靠它，你拿回家好好鑽研吧！」

感動。寶貝果然是藏在垃圾之中呢。

我掀開書本，扉頁之間，掉出了一張書籤。

風林火山。這是寫在那書籤上的四個大字。

「其疾如風、其徐如林、侵掠如火、不動如山……風林火山？這是日文嗎？」我唸出書籤上的小字。

「日文個屁！這番話出自《孫子兵法》！看到這張書籤，我也想起來了，我教徒弟跑四百米，就會傳他們這段『口訣歌』。」火雞說。

「四百米口訣歌？」我大感興趣。

「哈，訣竅就藏在『風林火山』四個字裡。你自己好好琢磨吧。」

呸，既然火雞要堅持世外高人的形象，我只好投其所好，回家佯裝深思一年半載，然後再向他請教也不遲。

就這樣，我和火雞告別了，心中到底有些依依不捨，我便陪著他跑回家，好好記住他在黑夜中的背影。

片霎間，跟著他鍛鍊的回憶如雪片般飛來。

田徑場就是人生的縮影吧？在跑道上相遇的人，總有一天會離你而去，彼此步伐快慢不一，不會總是在同一個地方停留……

「假如有一天，夢想破滅了的話，你會怎麼辦？」

那個晚上，在回家的路上，我反覆思考這個問題，無奈連半個像樣的答案也想不出來，到最後，連想也不敢想了。

03

中三下學期，我家鄰居的母狗懷孕了，福利社的大嬸燙了個波浪型的髮型，班上同學陸續進入思春期，湊成了幾對情侶。

大大小小的測驗填滿了我生活的空隙，文理商分班的三岔口迫在眉睫。我也很想學健泰那樣，簡簡單單靠擲骰子就解決這個難題。

四月了。時光荏苒。

在日本，應該是櫻花盛開的季節吧？

我心裡的花，卻如詩一般凋謝……

「唉。」

「年輕人，有什麼好嘆氣的？」

一大早，嘉芙和我在儲物櫃附近碰面了。

佩兒暫別校園的日子愈來愈近，我不捨得她……這樣的心事，我又如何對人傾訴呢？我只恨自己沒有勇氣向佩兒表白……

嘉芙打開個人儲物櫃，收到三封情書。

「只有三封啊？今天眞少！」

嘉芙就在我的眼前撕碎了那三封情書，直接扔進垃圾桶裡。

「妳……妳……妳這樣做的話，遲早會有報應的。」

「唉！我也不想。三圍好就是沒辦法。」

「三圍數字是不包括腿粗的。」

她這潑婦……竟然趁我捧著書上樓梯時，將我推下了樓梯……幸好我保住了小命，沒有死得不明不白。

以前我唸中一的時候，教室在三樓。那時候，我覺得上方的樓層是個未知的世界。再過幾個月，我就會升上中四，到時候每天要在六層樓梯之間往返，單是想想便已覺得肌肉痠痛。

嘉芙責罰我說錯了話，逼我幫她捧書到她的教室……她明明臂力強大，卻要裝出柔弱纖纖的樣子，眞可惡呢。

「對了，幾個月前我陪佩兒去看妳哥比賽。佩兒好心幫他打氣，但他不領情，凶巴巴的，衝著佩兒大喝。妳哥有時候眞是不近人情呢。」我忽然想起這件事，便向嘉芙提起。

「哦……雖然我哥不會和我說這些事，但我大概清楚他的想法。」嘉芙心中似乎另有所想，出神片刻，反過來問我一個不相干的問題：「你認不認識李密開這個人？」

「他是誰？」我好像聽過這個名字。

「孤陋寡聞！他就是本校籃球隊的隊長啊！」

「哼！我又不打籃球……」

待第一節課的預備鐘聲響完，我倆又繼續剛剛的話：

「幹嘛提起這個人？」

「說出來有點尷尬呢——兩個星期前，他拿著一朵玫瑰花突然向我搭訕，說什麼希望我週末去看籃球隊的比賽。」

「哇！他擺明是在追求妳呢！」

「結果我去了。」

「哇！妳有沒有被他的英姿迷倒？」

「才不！」她轉一轉眼珠又說：「他那場比賽表現很差，大失水準。」

「嗄？爲什麼？」

「有種男生在比賽時，一旦被心上人盯著便會無法發揮水準，表現不出平時的自己。所以呢，很抱歉地說，是我令他分心了……」

「自大狂！妳怎知道他是眞心喜歡妳？」

「呵呵，在那場比賽之後，他約我出來，親口向我示愛。」

「啊！那、那妳答應了？」

「我答應了。」

她點了點頭，使我驚駭一會後，才補上一句：

「我答應做他的乾妹妹。」

「哦……」

我再咀嚼她剛才那番話，覺得她在向我暗示什麼。

「妳是說……妳哥哥對佩兒有意思？」

嘉芙輕輕嘆息，瞇眼瞧著我，沒好氣地說：

「呆子……你真是遲鈍。」

04

這一天，就是中五的學長姊回校的最後一天。五月是考試的季節，直到脫離苦海之前，佩兒都不會再回來學校，而要留在家裡閉門苦讀，過的是昏天暗地、日月無光的日子。

今天，我呆呆坐在花圃旁的長凳上。

這裡，就是她在校內第一次和我說話的地點。

由三月開始，我就沒怎麼和佩兒見面，每次不期而遇，都只是以匆匆道別作結，加起來也說不上十句話。

很久沒見佩兒，我非常掛念她……

我終於明白，往年的佩兒爲什麼會對袁學琛產生那樣的情感……

這種感覺很虛無，說不清楚，明知佩兒成績名列前茅，卻老是擔心她會名落孫山。因爲看不見本人，無法慰問近況，亦無法分擔她讀書的辛苦。

又不能名正言順給她支持和鼓勵……

我在想，我以後會不會見不到佩兒呢？

有好幾晚，月亮彷彿是藍色的，在街燈的光流推波助瀾之下，我的腳步不由自主地跑著，跑到佩兒所住的公寓樓下。

我站在樓下的公園裡，向上望。

她這時候，我想，正靠著窗，一頁又一頁翻著筆記。

卻不知哪一扇窗能照出她的俏麗面龐。

我不是大變態，但我的確希望公園裡會有投幣式望遠鏡這種公共設施……

漸漸地，跑步就變成了我排遣寂寞的方法。

隨著我這半年來英語程度的提升，加上猛翻字典的努力，我已讀懂了火雞留給我的那本運動祕笈。

不僅如此，我還爲自己編寫了練習菜單，主要是速度和力量的劇烈練習：短距離加速跑、循環變速跑、上下坡跑……並加強鍛鍊我孱弱的上半身，每天做幾組引體向上外，還用火雞教的一套方法舉啞鈴。

練跑／上學／考試／找朋友，被朋友找／幹一些無聊的事／討厭日出，也討厭日落，進入反叛期／一日四餐，怎麼吃零食也不會長胖……

一連串日後未必記得的瑣事，填滿了我的日子。

每年總會有那麼的一天，即將離校的學長姊帶著相機，拉著朋友老師，在學校各處拍照留影。我也明白，中六預科班的名額有限，只有不足五分之二的人可以在原校升讀，有什麼三長兩短，就是永遠從這學校人間蒸發了。現在還不拍照的話，還待何時？

一大早，我遠遠看見佩兒拿著相機，四處蹓來蹓去，拉著人合照。

我看見她用的是舊式相機，捲入底片，只有三十六張。按一下快門就是一張底片，拍照的數目有限，因此特別珍貴，絕不會亂拍，只會攝下值得留念的人和物。

「唉，不知佩兒會不會找我合照呢？」

我擔心會碰釘子，沒有主動過去找佩兒合照，只在一旁乾著急，錯失一個又一個機會。

放學的鐘聲就是離別的驪歌——

午後的陽光依然猛烈，像熨斗一樣，燙得學校的操場熱刺刺的。

我拎著課本來到樓下，發覺佩兒正在操場上和同學拍照留念。

躊躇了半天，我還是只懂得呆站。

佩兒在操場那邊對我揮手。

「喂！阿晨快過來！」

「我來了！」

當我聽到她的呼喚，便歡天喜地地飛奔過去，壓在心中的大石終於可以放下了——因爲我是佩兒「認爲重要的人物」，值得她用一張照片來留念。

咔嚓一聲！我遵照佩兒的吩咐，一同伸出右臂，平舉在胸前，趾高氣揚，做出充滿鬥志的握拳動作。

笑對陽光，那一刻的感覺，就像在青春之歌裡昂首向前步操。

拍完照之後，我在她耳邊輕聲說：

「佩兒，妳一定要回來啊！」

「我會的！」

佩兒對我點了點頭，然後在同學們的呼喊聲中匆匆道別，過去禮堂下面的空地。

而我在背後百感交集地看著她的身影變淡。

漸漸，變淡……

05

盛夏。

夏天的感覺就像地毯一樣，隨風鋪滿了整座城市。

當我瞧見健泰在教室的木桌底刻字留念，我就知道這學期結束了。

日曆翻到了七月，我將舊課本賣掉了。

健泰、嘉芙和我都選了文組，九月開始是同班同學，這個暑假也會相約一起去買新課本。

佩兒和會考之間的戰鬥也結束了，這個暑假可以盡情地玩。

「很想去海邊啊！」

暑假前，在電話裡聽到佩兒這麼說，我就著手籌辦一次海邊之旅。

想像中，該是只有我和佩兒加上幾個配角的浪漫回憶……怎料想去的人比想像中多，健泰知道了這個主意，舉腳贊成之外，更借用田徑隊的名義，將它搞成一個「三天兩夜的合宿活動」。他這傢伙還指派新加入的學弟傾巢而出，向全校的美女發傳單。

田徑隊，長洲島三天兩夜營，二十二個人參加。

佩兒和她兩個同學也會一起來呢。

雖說是團體活動，但只要可以和佩兒在一起，單是想想就已經樂透了……

日盼夜盼，我默默期待的日子終於到了。

在中環的碼頭集合，我戴著橙色的太陽眼鏡出現，頂著灰色的漁夫帽。

佩兒看到會怎麼說呢？我的帥氣指數合格嗎？

「鹹蛋超人呀！哈哈……」

嘉芙見了，馬上指著我大笑。

「幹！你戴著這種帽子，眞的比漁夫更像漁夫呢！」健泰的揶揄傷透我心。

「開船時間快到了，爲什麼佩兒還沒到？」我自言自語，一共說了五次。

「他們來了！」某女隊員直指天橋那邊。

佩兒和袁學琛同時出現。

看到這一幕，我有一刻完全愣住了，就像驚聞噩耗一樣。

接著，我看清楚，這才發現同行的並不只有他倆，五十米後面還有其他學長和學姊。這麼久不見，我本來想跑過去迎接佩兒，卻見袁學琛和她談得興高采烈，完全沒有我介入的餘地。

「香港的街道這麼狹窄，走在一起並不奇怪……偶然，只是偶然……」我這麼想，才鬆了口氣。

點齊人數後，大夥兒走過船門，我刻意留在後面，去和佩兒打招呼。船身盪了盪，上船的踏板稍微移位，未待我伸出手，袁學琛已在背後扶著站不穩的佩兒。一轉身，佩兒報以羞澀的微笑。她眼裡，好像只有袁學琛一個人。

我不禁有點兒嫉妒。

「喂喂，爲什麼學長對林佩兒特別好哩？」

「他和她會不會……呢？」

「我不依呀！我不准學長有女朋友！」

在船艙玩撲克牌時，同行的女生七嘴八舌說個不停，我的耳朵又不得不接收閒言閒語。我經常東張西望，就是不見佩兒和袁學琛。

「阿晨，怎麼你面如土色？」

「我……我暈船。」

「嘩！撲克牌、疊疊樂、UNO牌和扭屁股樂……你帶來的玩意眞多哩！」健泰未經我同意，就打開我的旅行袋。帶來那麼多玩意，都是想和佩兒玩的，其中疊疊樂更是她的至愛。

這艘船憋得我很不舒服，我到處找洗手間，經過船尾瞥見佩兒和袁學琛。兩人在談天，我偷望一眼，然後倏地轉身就走。

他們的感情何時開始變得那麼要好……

心有點痛哩……

「暈船的人都會走到船尾吹風吧？他倆只是恰巧獨處吧……一定是這樣的。」我這麼想，又鬆了口氣。

船一直航行，在水面衝撞出波浪，轉眼便到達海岸線優美的長洲島。

一行人下船之後，浩浩蕩蕩往營舍的山路施施而行。

袁學琛替佩兒揹行李。眼看袁學琛和佩兒形影不離，我也不敢像平時般走近佩兒的身邊。

「學長一定欠了她的錢，所以才替她揹行李……哈，是我多疑了。」我安慰自己，但鬆不了一口氣。

又上坡又下坡，繞過一大段山路，終於抵達營舍。

男女各兩間房，大家帶著行李，到房間安頓。

時間也差不多六點了，我們在營地燒烤。正當我展現高超的烤雞翅技術時，盯向另一邊，卻發現佩兒和袁學琛互相輕倚，吃著對方烤的東西……經嘉芙提醒，我才發覺自己的雞翅已烤成炭了。

「今晚到市集逛夜市吃『糖水』，好嗎？」

佩兒宣布行程，其他人異口同聲叫好。

就這樣，夜簾下，我們朝山下的市集出發。

逛夜市的時候，一大隊人三三兩兩地走著。

我一直在意，所以看見有幾次袁學琛牽起了佩兒的手，不到兩秒又放了下來，生怕別人察覺似地。

「這裡蚊子多……他們是因爲手癢才牽手的……」竟用這種爛理由來自欺欺人，連我自己也覺得過意不去。

種種跡象都在告訴我：袁學琛和佩兒已是一對兒啦！

但，現代的愛情故事往往出人意表，愚弄旁觀者……

只要當事人未開口承認，就有可能只是誤會……

同一晚，我只待在營舍的男生睡房和健泰他們打撲克牌，嘴裡含著雪茄形的巧克力條，賭注也愈推愈大，賭上了一整筒黑加侖子軟糖。

突然，三個女生推門進來，大叫大嚷：

「耶！我們確認了呢！」

「確認了什麼？」

「林佩兒和袁學琛眞的在交往！」

是晴天霹靂嗎？不，現在是深夜；是天崩地裂嗎？不，四周的牆動也不動；是宇宙崩壞世界末日嗎？可能是的，因爲我的世界陸沉了……

「好了，別說人家的閒話好嗎？上床休息吧，明天一早要去沙灘。」一個與佩兒同年級的學姊來了，敲著門說話。那幾個女生吐了吐舌頭，跟著學姊回去女生宿舍那兒。

臨睡前，健泰有點驚奇，湊近我耳邊說：「想不到，學長眞的和林佩兒談戀愛呢……不過他倆眞的挺匹配的。」

「是嗎？」我淡淡然說。

關燈之後，四周很快被鼾聲佔據。

我在黑暗中睜著眼，壓根兒睡不著。

滿鋪著憂傷的床上哪睡得著？

06

到了第二天，活動之一就是到營舍山腳下的沙灘嬉水。

健泰曾有過一番妄想，說他夢見田徑隊的女生全穿著比基尼在沙灘上奔跑……現在他的妄想成眞了一半，可惜女生只是穿著背心和短褲。

有沒有睡著，我也不清楚了，昨天至今經歷的事，就像一個昏沉旋繞的夢境……可惜不是眞的夢。

沙灘上，吹著黎明的晨風。

脫掉拖鞋，赤著腳，踏上滾燙的沙粒。

「哇！熱死人了！」大夥兒耐不住熱，一頭栽進冰涼的海水裡，濕著身子再上岸。

日裡的波濤，就像一疊疊棉絮似地白線。

太陽曝曬，這不叫日光浴，而叫「日光獄」。

因爲來不及梳理頭髮，只好戴著漁夫帽，這時卻讓我賺了舒服。

「阿晨，你有帽子？借我！」

嘉芙猛扯下我的帽子，但我死也不肯借。

不知哪個人提出的無聊主意，我們搞了個小型運動會，在沙灘上賽跑。撐不了多久，大家幾乎中暑，都一一累倒了，便紛紛到樹蔭下歇息。

另一邊。

佩兒和袁學琛在海邊玩耍，羨煞旁人的風情月意。兩人走近礁石堆，她從腰間的防水袋取出相機，左顧右盼，想找人幫她拍照的模樣。

「讓我來幫妳吧。」我帶笑走過去。

「好啊！麻煩你了。」佩兒把相機遞到我的手中，然後高高興興回去袁學琛身邊。

從鏡頭裡看到的，是她挽住他臂彎的幸福相，態度親密，甜蜜的笑靨由心而發。我的心緊緊揉成一團。

我匆匆按下快門，便將相機交還到這對熱戀中的情侶手上。

還補上一句：「我覺得照出來的效果會很棒。」

但事實上，我剛剛好像手顫了，他們搞不好以爲我在搗蛋……

友情就是我的救生圈。我暗自打定主意，這兩天都會黏著嘉芙不放，她應該不會嫌棄我的……

「咦？平時有我和佩兒的時候，你總是纏著佩兒不理我，怎麼今天會親近我呢？」這個處境，還要被嘉芙落井下石，眞是虎落平陽被犬欺。

這一天，不曉得是怎麼過的。

吃飯時，有人說我不小心吃到了蒼蠅。

逛街時，有人說我已經上了第十次廁所。

一夥人悠悠蕩蕩，但我腦中只有那對戀人的影像。

這一天，我都沒走近佩兒的身邊。

做不成情人，就只好當第三者；做不成第三者，就只好當電燈泡；做不成電燈泡，就只好裝可憐；連裝可憐也不成的話，那就只好自動消失了。

傷心欲絕，胸口在淌血似地——

眼淚總是在眼邊徘徊，我忍住不哭……

幸好我有一頂帽子，蓋住我的雙眼，來藏住我的傷心臉。我緩緩抬起手來，把漁夫帽掩得更低，偷偷用它來拭走若有若無的淚光——這樣是最好的，我喜歡佩兒的事，還是不要被人察覺得好，免得令人笑掉大牙。

□

這一晚，我也睡不著。

我按下手錶的夜光顯示鍵，得知現在是凌晨四點。

其他人玩了一整天，睡得像死豬一樣。

我掀開被單，輕輕跳下床，拿著一件外套，便走出了外面。

在寂寂的庭園裡，營舍的正門敞開。我記得走一段山路下去，就可到達沙灘，心中一動，冒出想聽浪聲的念頭，腳步便往那邊走。

「喂，這麼晚了，你要去哪兒？」

聽到有人叫我，我怔了怔，一回頭，朧光裡照出一個熟悉的人影。

嘉芙搓著惺忪睡眼說：

「外面有狗啊！呵——」

我被她發現行蹤，有種像小偷被警衛照到的困窘感，再望望營舍大門，我便坦白地對嘉芙說：

「我不開心，睡不著，想出外走走。請妳……幫我一個忙，不要告訴其他人。」

她沒有答什麼，像卡通人物般打了個大呵欠。

等我走下了階梯，背後又傳來嘉芙的聲音：

「等等。我陪你。不過你要等我。」

不等我拒絕，她已上去了。不久，她回來，身上多了一件連帽外套，腳下和我一樣穿著沙灘拖鞋。

「夜黑風高，妳不用陪我了。回去作個好夢吧。」

「男子漢大丈夫，你不要這麼婆媽好嗎？難怪會沒女生喜歡……」她心直口快，不小心說中我的心事，我面色沉了沉。她也自知說錯了話，慌忙掩飾：「說笑說笑，穆子晨玉樹臨風、英俊不凡，女生不會看走眼的……」可惜欲蓋彌彰，我的面色更沉了。

我默不作聲走出正門。

嘉芙尾隨著我。

兩個人沿著幽靜的山路下去，天色昏暗，某些路段像被黑影擦掉了一樣。突然有隻蟾蜍撲出路中心，嘉芙嚇了一跳，摟住我的肩膀。其實我也滿害怕的，只不過要強裝鎮定，不可示弱，讓她挽住我臂膀，一直走到有燈光的沙灘。

大海，依然未眠。

夜裡的浪濤，載著天上的星光。

我和嘉芙一起向海投石子，看誰擊出的漣漪多一點。

「其實啊，看見佩兒找到自己的幸福，我該爲她感到高興。」我朝黑茫茫的海面扔石子，說出心事：「但我始終無法親口祝福她，因爲我眞的做不到！」

今晚的嘉芙很體諒我，靜靜地聽我傾訴。

「坦白說，我是很傷心的！我還是很喜歡佩兒！」

投石子發洩一輪後，我的手掌通紅一片，黏著沙粒和碎石。

「在未能面對她之前，我決定逃避她！」

潮進潮退間，前湧的海沫沖來星幣似地貝殼。米黃的、虹彩的、扇狀的、螺旋狀的……我和嘉芙就在沙灘上拾貝殼，由此岸走到彼端，再由那邊回到這邊，滿手都是涼沁沁的感覺。

爲什麼——

「看著我喜歡的人愛上別人，感覺會是如此難受？」

這句話一直卡在我的喉頭裡。

那個晚上要不是嘉芙陪伴我的話，還眞是不知如何熬到天亮。那晚的海風、那晚的浪聲、從我趾縫間溜過的細沙，一輩子也不會忘懷……

07

朝日的太陽冒出頭來。

和嘉芙由沙灘回來之後，我昏昏沉沉便睡著了。

聽到洗臉刷牙的水聲，我才悠悠醒轉。我是最晚起床的，大夥兒已去宿舍的餐廳吃早餐。

在餐廳裡，不想看卻看見了袁學琛和佩兒親暱的舉止。他倆的戀情公開了，現在也不避忌，公然牽手了，誰也不當一回事，就只有我的心在隱隱刺痛。

把苦澀嚥下肚，把笑容掛上臉，這種感覺眞難受。

三天兩夜的宿營來到尾聲，我們是田徑隊，最後一天怎麼說也要到田徑場一趟。長洲島有個露天的田徑場，位於山林之中，穿過岩園蔭罩的山路，途經涼亭和小廟，我們就來到了空曠無人的田徑場。

朝日的陽光異常刺眼，昨天曬傷的皮膚變得癢癢的。

一些愛美的女隊員，就披著外套戴帽慢跑。

大夥兒拍了一張大合照之後，便各自練習，但大部分的人都只顧著聊天。我和嘉芙盤坐在起點附近，她用手掌擱在額上遮太陽，我則用毛巾擦汗。

突如其來的衝動，我換上了銀色釘鞋，在場上試跑了一會，忽然很想跑一圈，看看自己現在跑一趟四百米的時間是多少。

「嘉芙，我想跑一圈，麻煩妳幫我計時。」

正當我在起跑線前蹲下來，忽然感到一股不尋常的壓力。

我背後，有一雙眼睛在瞪著我。

那雙眼睛屬於袁學琛。

「我來和你一起跑吧！」

袁學琛的雙腳也穿上了釘鞋。

他也在旁邊的跑道上做妥準備動作，向我示意。

「我不跑了。」我畏縮地站起來。

「不要當成比賽，當成是互相刺激，來提高成績吧！」

袁學琛蹲下來了。

話是這麼說，但我感覺很不好受，好像被大石壓上心頭。袁學琛那麼強，和他較量的話，誰都曉得我必敗無疑，我的存在只是爲了襯托出他的強悍……

欺人太甚了。

我也俯下身，做出蹲跪式的起跑姿勢。

就算明知道毫無勝算，我也要接受他的正面挑戰。

我蹲在第五線道的起跑線前，而袁學琛從第四線道起跑。

我知道，在初賽排名第一的跑者，會被排在第四線道上，也就是說，第四線道是王者的專用跑道，袁學琛怎麼樣都不會拱手讓人。

「準備，跑！」

剎那之間，我已盤算好要怎麼做，一聽到嘉芙叫出的信號，我完全不顧一切地衝出去，不理會體能的束縛，以風馳電掣的極速，豁盡全力衝。

就算後段會被他超越，我也不在乎了，我的目的是在前段爭個頭彩首一百米。

我變了一陣風。

疾如風。

出了彎道之後，仍是我帶頭跑在前面。

袁學琛似乎想保留實力，在後段才超越我，一展驚人技藝。

我不斷拚命地跑，後方逼近的，是盈千累萬的壓力，是一股雷霆萬鈞之勢。

這是強者才有的氣勢吧！

在直線上，我用不徐不疾的動作承接前段加速而至的跑速，善用慣性的力量來跑完這一百米。

徐如林。

進入三百米的彎道，火般的感覺在我大腿裡燃燒。

我閉著眼。

側身馳出最完美的軌跡。

侵掠如火。

依我理解，火雞教我的「四百米口訣歌」，其中「風林火山」所代表的，正是四百米跑的四個階段——首一百米，要好像風一般快，千萬不要有留力的心態；到了二百米的直線，就要保持徐徐而穩定的節奏；一進入三百米的彎道，所有技遜一籌的選手都會被淘汰，這正是再度加速，全力搶攻的良機。

可是，我獨自練習的時候，始終無法參透口訣歌的最後一句——「不動如山」是什麼意思？不動的話，又如何能跑呢？真是玄之又玄呢……

我完美地發揮了首三句口訣的跑法——

現在——

我和袁學琛的較量，終於來到最後一百米的直線！

彷彿聽見一陣咆哮似地呼吸聲近在耳後，蹬蹬蹬蹬的凌厲腳步聲，清晰地傳入我的耳中。

我不想被這股氣勢壓倒，只好更加拚命地擺臂、後蹬、展開步幅……出了三百米的彎道，我仍然保持領先的優勢。

這一刻，我突然領悟了，「不動如山」之中的「不動」，所指的原來就是一顆沒有動搖的心！

與袁學琛這樣的強敵比拚，就像被一頭猛獅追趕一樣，來到最後一段路，心有餘而力不足，鬥的就是意志力，誰只要稍微鬆懈，馬上就會被對方的氣勢吞噬。

我心中，不想輸！

風．林．火．山！

一眨眼就縮短了與終點的距離。

終於到了終點，從死裡逃生，我不停地猛吸氣，全身乏力地倒臥在地上，滿鼻子都是地面的塑膠味。

太可怕了……

奇怪的是，袁學琛一直沒有超越我。

我瞧了他一眼，他面色蒼白，喘著氣，本來是站著的，但也因爲太過疲累而半蹲半跪。

不可能吧？我竟然贏過了袁學琛？就算是眞的，也只是因爲他的狀況不好吧……

「啊！天啊！五十……五十三秒八八！」

健泰和嘉芙同時大喊出來，讀出碼錶上的數字。

「五十三秒？妳肯定？」連我自己也不敢相信。

我跑進了五十三秒的世界——

連袁學琛也無法進入的境界，我竟然進入了。

「會不會是計時出錯呢……但我一直看著，你們眞的跑得很快。」嘉芙也不太肯定。

「不會有錯，剛剛我已跑出了自己的最快時間。」袁學琛盯了我一眼，默不作聲站了起來。

佩兒的目光一直鎖在袁學琛的身上。

她在爲他擔憂。

我一直以爲袁學琛是個不可超越的人，沒想到在追趕的過程中，我不知不覺已超越他了。

但那時我才發現，佩兒在終點等待的人不是我。

一切，只是我一廂情願。

我明明是勝者，卻以最黯然的姿態離開田徑場。

08

半個月又過去了。

由長洲島回來之後，我變得很憔悴，人比黃草瘦。

我的青春彷彿在那個盛夏枯萎了。

從其他人口中，我知道了佩兒在會考考獲佳績，順利升上中六。本來想打個電話給她賀喜，但我實在沒有勇氣。反正，我清楚，有袁學琛陪她就夠了，我只是個微不足道的人物。

袁學琛是人中之龍，連蹲馬桶的姿勢也比一般人來得帥……我這種人，還是自動消失比較好。

「聽說呢，有名校招攬佩兒姊，但她拒絕了呢！」

「她說這裡有很多她捨不得的人。」

「我看就是爲了袁學琛吧！她對他的愛眞是深呢！」

我嘗試接受其他女同學的邀請，和她們到浪漫的茶室喝飲料，指著茶水單點了一杯又一杯的「忘情水」，但我心中始終忘不了佩兒。

又過了半個月。

徐志摩的詩、瓊瑤的小說、林夕的情歌……全部都令我眼淚狂飆。

我根本提不起勁去迎接新學年。

「嗨！阿晨，今年和我同一班，開不開心呀？」嘉芙歡蹦亂跳，一見面就打了我一拳。健泰也過來湊熱鬧，問候幾句後，就露出他的眞正目的：「喂，今年的暑假作業呢……」怎樣都好，我慶幸有這兩個朋友，陪我度過這種愴然多惑的日子。

人的心態眞奇怪！幾個月前，我還眼巴巴地盼望佩兒在原校唸中六，但到我有機會與她再見，我又避不見面，老鼠躲貓兒似地。

因爲我太熟悉佩兒在學校的行走路線，所以要避開她實在是輕而易舉的事。

小奴才、小番薯，我在佩兒心中的形象不過如此罷了。

她不需要我，我也沒有必要留在她身邊了。

那陣子，我整個人渾渾噩噩的，生命就像浸泡在絕望的漩渦裡。

到麥當勞點餐，明明是想叫「快樂兒童餐」，卻不愼說錯成「悲傷兒童餐」，弄得收銀台後面的姊姊一愣一愣的。

會考的壓力來了，老師給的功課愈來愈多，所有同學哀號，只有我一個偷偷傻笑，暗暗叫好。在熬夜趕功課的時候，我想起佩兒的次數就會少了。

從朝陽升起等到夕陽西下，我在田徑場看了一次寂寞的日落。

那年，九月，我第一次接觸酒精。

回家的途中，我經過一家便利商店，有了借酒澆愁的念頭，便走了進去，打開冰櫃，拿著一罐「海X根」到櫃台付款。

我穿著校服，繼續走路。

每走一步，喝一大口。

回憶隨著酒精湧上，記得去年當日，鬧市晝街，我陪佩兒買田徑用品，有家商店在發氣球。

佩兒貪玩，拿起一顆氣球，便在我和她之間打來打去，白色的氣球就像個小天使。我倆快樂地笑著，一個下午就這樣過了。

我曾痴痴想過，只要可以留在她身邊，不用談戀愛，陪她哭陪她笑，我的人生便已足夠。

不管我的想法多麼幼稚，這是我的夢想。

我很傷心，我需要醉倒的感覺，因爲我的夢想碎了，碎了……

09

開學至今，我都沒有和佩兒說過一句話。

田徑隊開始練習，我總會找些藉口推搪不去。

甚至連跑步也想放棄了。但我在心理上想放棄，身體卻欲罷不能。每個寂寞的夜，我都要汗流浹背地回家，然後疲憊不堪地躺在床上，才可以睡得香酣。

什麼事都是這樣，一旦成爲了習慣，要改變就很難了。

習慣了逃避的話，就會一直逃避。

已經這麼久了。

我已經習慣喜歡佩兒這麼久了，一時三刻又怎能放下……要改掉一個習慣很難。

從開學至今，佩兒也沒有找過我。

果然是這樣吧。

我在佩兒的心中，只是個曇花一現的人物……

一年一度的運動會即將來臨。

因爲女體育老師請假，所以班上的男生和女生一起上課。

「這一節體育課，大家喜歡做什麼就做什麼吧！我順著班號將你們分組，排隊申報今年運動會的項目。首先請班號一至十的同學過來這邊報名……」

黑加侖子展示他的新款筆記型電腦，敲鍵盤幫同學申報比賽項目。

嘉芙、健泰和我並排坐在室內操場裡的厚墊上。

「你說我參加跳高好呢，還是跳遠好？」嘉芙問。

「我會參加三千米、一千五百米和三級跳，全是三的倍數！」健泰說。

然後他倆一同看著我，由嘉芙開口：

「阿晨，你呢？」

「到時再說吧。」

「什麼到時再說？」

黑加侖子唸出我的班號，我從厚墊上跳下來，來到那張擱著筆記型電腦的小桌前，無精打采地說：

「穆子晨，十六號。」

「要報什麼項目？」

「一項也不報。」

健泰和嘉芙錯愕地看著我。

這就是我的決定了。

下午，在教室裡，嘉芙過來逗我說話：

「懦夫，你想逃避嗎？」

「逃避什麼？」

「逃避迎面而來的挑戰。」

「我只是累了，不想參加任何比賽。」

「你怕輸給我哥哥嗎？」

「我早已輸給他了。」腦際間突然喚起傷心往事，想起了佩兒，我的心一陣揪緊。

田徑場是我的傷心地……我選擇了逃避。

「今天體育課，在你走了之後，我隔了一會兒又去找黑加侖子，騙他說你回心轉意，委託我代你報名參賽。我幫你申報了四百米、男子跨欄和跳遠。」

「妳眞是多管閒事。」我不禁苦笑。

「不瞞你說，我幫你報的項目和我哥的全部相同。」

「妳這麼做，等於叫我去送死。」我皺眉。

「我哥拜託我幫他探口風，想知道你的參賽項目。他最近很認眞練習，將你視爲最大的競爭對手。」

「別說笑了！學長他怎會在意我這種人？」

「你到底是眞傻還是假傻？上次你可是在很多人面前贏了他一次。」

哦。他是想狠狠打敗我，好讓他雪恥，在佩兒面前威風炫耀吧？

「妳哥哥很生氣嗎？」

「他當然生氣！一個傻愣愣的小子，只練了兩年田徑，竟然就可以跑出那麼厲害的成績……在我哥哥的眼中，你才是個眞正的天才。」

我是天才？這是什麼話？我很想笑，但我眞的笑不出來。

「我哥哥很少會將別人放在眼裡的。你是第一個……應該是吧。」

我的回答只是一聲嘆息。

嘉芙沒完沒了，在我耳邊嘮嘮叨叨：

「跑吧！跑吧！我替你報了名，沒辦法更改喔。」

「隨便妳。到時候我不會跑的。」

無論嘉芙怎麼勸我，我都堅拒參賽，她說得口乾舌燥也是徒勞無功。

最後是她發脾氣，自己走了。

10

時間回溯到昨天下午——

其時，我們剛下課，正由教室裡走出來，就看見一輛救護車駛出操場。當時我只在想，學校有千多個學生，三不五時就會有倒楣鬼，所以根本就對這等閒事毫不在意，也沒想到這件事會與我相關。

殊不知，在我不知情的時候，發生了一樁意外——

翌日，一回到學校，健泰就風風火火地闖進教室，呼呼喝喝地找我，衝著我說：「阿晨，田徑隊……」

「田徑隊今天有練習嗎?麻煩你幫我交代，我不去了。」我打斷了他的話。

「幹!你等我說完好不好?」健泰面有怒色，大呼大喝：「今天放學田徑隊暫停練習!」

「爲什麼？」我大感詫異。

「林佩兒受傷住院了！」健泰激動地說。

住院？住什麼院？老人院？美容院？感化院？巴黎聖母院？儘管答案很明顯是醫院，我還是發瘋似地猛扯著健泰的肩膀問個明白。

「她出了什麼事？」

一瞬間，昨天救護車駛出操場的畫面閃過腦海。

「昨天下午，她上體育課練跨欄的時候，不小心被欄架絆倒……然後，整個人前俯碰向硬地，聽說鎖骨骨折了，人也痛得昏迷。」

乍聞這個消息，我心慌意亂，腦裡的大笨鐘響了又響。我還以爲自己對佩兒的感覺已變淡了，然而，這時候我才察覺，我只是將它冷藏了，到了要面對的時刻，遺忘了的情感便像碎片一樣撒在地上，只待我去拾掇……

「田徑隊的人今天會去探病，你去不去？」健泰問。

我委實難以決定，既介懷別人的目光，也介懷佩兒的目光……

「不了……我還是不去了。」

怯懦的我還是逃避了。

健泰大概猜到我的苦衷，也沒有再勉強我。放學後，他再找我一次問我去不去，我惘然地搖頭，他就挨近田徑隊的朋友走了。

其實我心裡是極想去的。

「喂！你真的不去看看佩兒嗎？」

嘉芙用書包捶了我的背一下，見我無反應，再用力捶了幾下，然後吃驚地問：「喂！你變成植物人了嗎？怎麼我打你也毫無知覺？」

「我？我不去了……」我回過神來。

「為什麼？」

「我家裡有急事……」

「你說謊！你是不懂說謊的，每當你說謊，眼皮都會眨呀眨，並且迴避對方的目光。」

「我家裡眞的有急事……」

「什麼事呀？」

「家裡沒有衛生紙和米了……」

「你是不是找死？」

「……不去買衛生紙和米，眞的會被媽媽罵死的。」

「沒用鬼，你去死吧！我不管你了，我現在就會去醫院，你想去的話儘管跟著來。」

在嘉芙背對著我的時候，我身不由主地跟她走了幾步，到最後卻又退卻了。

回家的時候、搭車的時候、在超市購物的時候，滿腦子都是這件事。

一卷卷白色的衛生紙令我聯想到繃帶，構成一幀佩兒臥在病床的畫面，她全身裹著一圈又一圈的繃帶……不小心碰到路人，我心不在焉地說聲對不起，抽離的思緒返回現實，白色衛生紙只是白色衛生紙。

一整晚，我都在煩惱之中度過。

我插進鑰匙，打開書桌的抽屜。抽屜裡藏著我的祕密——大頭貼、鼓勵卡、密封袋裡的繃帶、不捨得吃的糖果、她送我的手機吊飾、她的學生照、她親筆簽名的田徑隊海報、她用過的湯匙、她用剩的鉛筆……等等。

頭頂的層架上，是一系列佩兒喝過的飲料罐……

這些東西，都是我和佩兒在這地球上相遇的記錄。

如果……

如果佩兒真的出事了，我一定會懊悔一萬年。

我曾有過趕去探望佩兒的念頭，但是我連她住在哪家醫院也不曉得，本來想打電話問人，卻又拿不定主意，當我回過神來，時鐘已指向十二點整。

WORRIED、SO WORRIED……

這一晚根本睡不好。

第二天，我索性在公車站等健泰。他一出現，我就像個色情狂般，正面撲向他，急忙地問他佩兒的情況。他告訴我，佩兒並無大礙，不過手術後要留院觀察，再過幾天或許可以出院。

我頓時放下心頭大石。

儘管如此，一整天我都在想佩兒的事，心中始終萬分牽掛。

袁學琛和佩兒的事對我來說是一根刺，我的內心有如兵戈擾攘的黑白棋子在交戰，一番掙扎之後，依然解不開自己的心結。

同一天。放學之後，我留在圖書館裡做功課。

在時鐘滴滴答答的聲音中，眼前來了不速之客。

「喂，你有時間在這裡做功課的話，不如去看看佩兒姊吧。」

嘉芙大聲說話，完全不怕被趕出圖書館。說完之後，她目光掠過桌面，發現了我的書倒放了，便拉著臉瞄著我，直教我尷尬不已。

「她已經沒事了……我去不去也沒關係。」

「唉。你是個遲鈍的人，佩兒也是個遲鈍的人……她從來就沒想過和我哥哥談戀愛竟會傷害到你……她一直很在意這件事。」

正當我一聲不吭，嘉芙又說下去：

「昨天探病時，佩兒看了看我們，然後失望地問我：爲什麼阿晨沒有來？」

「妳別哄我了！她身邊有妳哥哥就夠了……」

嘉芙直勾勾地瞪著我。

「佩兒姊親口告訴我的，她最想見的人是你。不是別人，是你。」

這番話一字字地敲在我心上，我的冷臉即時融化。

「她……她還記得我這個人嗎？」

「就算你不是她的愛人，你也是她相當在乎的人。」

我的聲音在顫抖，差點變成哽咽。

那些滿載喜怒哀樂的回憶，再一發不可收拾地湧上心頭……

有妳的日子就會有我，陪伴妳無論如何，直到有天妳不需要我……

ch5

在月亮的碎片下拔腿跑

我會在適當的時候來
亦學懂在適當時候離開
縱使知道必然結果
仍不顧一切地焚火
似是自製模糊的浪漫
悲喜交融的煉獄的空間
祈求月亮的灼熱的代價

不要和我說話、
不要喚我留下、
然後、
讓我在星屑中變得蕭條黯淡……

01

「嘉芙，謝謝妳陪我去探望佩兒。」

「小事一樁罷了！最重要是你肯去看看佩兒姊。」

「我……」

「不過，你要報答我，明年夏天，請我去夏威夷旅行就夠了。」

「……」

「哈！瞧你緊張成這副傻相，好像把我說的當眞！坦白說，你肯參加今年運動會的比賽，就算是報答我了。」

「這個我可以答應妳。」

我們離開了水果攤，穿過停滿救護車的停車場，抬起眼，前頭就是醫院的玻璃正門。嘉芙帶我走進電梯，我問：「妳知道佩兒的病房在哪層嗎？」

她胸有成竹地答：「你不是懷疑我的記憶力吧？我和田徑隊的人去過一次，自然記得！」

結果她帶我到七樓的東座，那裡給人冰冷的感覺，不久我倆就看到「停屍間」的告示牌……

「沒理由會錯吧……難道是這裡後面……」

我緊皺著眉，覺得嘉芙的話很不吉利。

「再跟著妳，我怕我們會誤闖陰間……」我瞪著她。

「哈哈……再找找看！」

在醫院裡團團轉了一會兒，收到護士大嬸的三次警告，我們還是找不到佩兒姊的病房。

「哎呀……我患了美麗少女痴呆症呢……」嘉芙吐了吐舌。

「妳患了少女豬頭症才是……」我長嘆。

嘉芙是個不可靠的人、嘉芙是個不可靠的人……我喃喃自語，卻又故意讓她聽見。她跟我到一樓大廳詢問處，詢問林佩兒的病房號碼，才幾個步驟，就查出「417」這組數字，比亂打亂撞快上十倍。

「哈哈……我很慚愧呢。」嘉芙道歉。

到四樓了。找到病房號碼了。裡頭就是佩兒的病床。

「我在這裡等你。」嘉芙說。

我緊張得霍地抓著她的手臂。

「我該說什麼好呢？」我掌心冒汗。

「DON'T WORRY，BE HAPPY－只要KEEP YOUR SMILE就好了！」

我望望嘉芙，她像平時般笑口常開，常常賜予我勇氣。

「嗯。THANK YOU。」我懂得笑了。

我沿著牆角轉過去，「410-420」的掛牌就在眼前，把視線拋進病房裡——佩兒就在不遠處，輕倚床背而坐，納悶地把雜誌翻來掀去。

她仰頭之際，察覺我的到來，「呀」了一聲。

「佩兒！」我展現愜意的微笑。

每次看見她我都是傻呼呼的。

我拉了張椅子到她床邊，徐徐坐下。

「阿晨，你不氣我了嗎？」佩兒的第一句話。

「對不起，我讓妳誤會了……我從來都沒有氣妳。由始至終，妳都是我最尊敬最崇拜……最喜歡的佩兒學姊。」我終於有勇氣講出眞心話：「我一直疏遠妳，並不是因爲我討厭妳啊。我只是……只是不想再爲妳添麻煩。妳有男朋友了，我不能再像從前一樣纏著妳，這樣會遭閒言閒語的。」

「阿晨……」

「妳身體怎樣？會痛嗎？」

「唔。你來看我，沒那麼痛了。」

佩兒貼著臉頰張開五指，扮了個可愛的鬼臉。

「我呢……」我眼泛淚光，接著說：「其實我一直都在擔心妳。這兩天知道妳出事了，我就不停地替妳祈禱，連睡也睡不好，心裡像有個氣球要爆破似地……今天來到這裡，知道妳平安，我真是感動得想哭了……」

「不過，我沒辦法參加下個月的運動會了。」

「放心吧！妳可以做個好觀眾，袁學琛學長會替妳贏很多金牌。」

「嘻，是嗎？」

好一段日子沒有和佩兒說話了。此時此刻的談天說地恍若經年，來年來日也許再也沒有這樣的機會了。一想到這裡，我心裡就隱隱作痛。

「佩兒，妳記得那一天在公車裡和我打勾勾的那個承諾嗎？」我伸出小指說：「我一直都記得清清楚楚，所以不斷用功苦練，有什麼難關，咬著牙都熬過去了。現在，我變得很強，可以跑贏很多人，沒有人敢欺負我了。」

「我知道，你一路以來也比別人付出多幾倍的努力。」

「很謝謝妳給我一個夢。在遇上妳之前，我是一個沒半點勇氣的人，但妳的出現，令我有了改

變自己的勇氣……認識妳之前，我一直以爲自己是個運氣差的人。但，不是這樣的，我最大的幸運就是遇上妳……」

我一咬唇，又再說下去：

「謝謝妳。是妳讓我作了一個夢，一個最美麗的夢。」

她嫣紅的臉掀起了笑的變化，仰起頭的同時，焦距凝在遠處。

朝她的視線望去，袁學琛就站在那裡。

不知不覺，時間過了很久呢。

我離開椅子，不好意思地搔搔頭，走到他面前，目光不敢正視，也不知道自己在說什麼：「我要走了，佩兒就交給你了。拜託你好好照顧她。」

「好……」他也不知道要怎樣回應。

我望著佩兒，微笑示意。

「運動會加油啊！」她說。

「我又不是汽車，爲什麼要加油？油渣一點也不好吃。」我莫名其妙地感動。儘管我知道她最想他勝出的那個人不是我，而是袁學琛。

她一直以來的心願都是收到他送的獎牌。

到了病房的出口，儘管告訴自己不要，仍是忍不住回頭張望。

他在床邊牽著她的雙手，他的手掌很大，可以包容她的手心。她是一朵茉莉花，在陽光飽和的溫室裡綻放笑容，那種幸福的微笑只會在鍾愛的人面前出現。爽朗的笑聲猶在耳邊，她的笑容永遠都是那樣地美，就是因爲這張笑臉，我才會被深刻迷住，永遠把她當成心目中遙不可及的天仙姊姊。

偶然間，她察覺了我的呆視。

「BYE。」我向她傻笑。

她向我揮了揮手。

這次眞的不再回頭了，我不可以再對佩兒有所依戀，這樣會令她的處境很尷尬，而我自己也不會好受。

「喂！」嘉芙叫住我。

我想得入神，竟忘了她的存在，而她一直都在病房門口等我。

「你最後那聲BYE很堅強呢！」

「不是該說我『帥透了』的嗎？」

「嘔——你離『帥透了』的標準還差一大截。」

我倆走進了電梯。雖然嘉芙很囉嗦，淨說些不相干的話題，但我知道她是想分散我的注意力，不想我那麼難過。我知道她是關心我的。

「喂……你沒事吧？」她驚訝地說。

我怔了怔，拭一拭眼角，竟然有濕淋淋的觸感。

剛才我回憶起去年運動會的片段……當時的我偶然參加了四乘四百米接力賽，以佩兒作爲目標而跑，那個明確的目標令我變得很強，傾盡全力去比賽，結果獲得人生第一枚金牌……在頒獎台上傲然而立……

當時，我把金牌遞到她手裡時，是喜不自勝的，感覺自己成爲了男子漢……

一離開電梯，我就不顧後面的嘉芙，使出全速向外面跑。

「讓我一個人靜一靜吧！」我沒回頭。

「喂！你發什麼神經？等等我……」她追著來。

在斑馬線前，不巧碰上紅燈，我不得不逗留原地，嘉芙也趕過來了。看到她喘氣的樣子，我心軟起來，卻又逼自己硬下心腸，以自暴自棄的語氣說：

「妳管我這個沒用的人幹嘛？」

「我不得不管你！」

「爲什麼？」

她眼珠往下溜了溜，若有所思地問：

「眞的要我說嗎？」

「妳說吧。」

「因爲……因爲……你是我的朋友！我不會讓你孤單一個的！無論如何，我都會在你的身邊支持你！」

我是感動的，但我這時眞的不想面對任何人。

「嘉芙，對不起。」

在斑馬線前，綠燈快變成紅燈，我算準時機，匆匆衝到對面，與她隔著一條車的鴻溝，然後再不顧一切、不顧方向地直衝。

連我也覺得自己的舉動難以捉摸。

是我懦弱，我想逃避。

永遠地逃避。

她與我一同馳騁。

她與我一同聊天。

她是我最美麗的夢兒。

明明在身邊，卻又遙不可及的夢兒。

假如時光可以倒流到兩年前，我依然會願意傻乎乎地跟在她後面，陪她聊聊天、說說笑，一同張貼田徑隊的海報，一同在藍天下的跑道留下閃爍的汗水，爲每個親近她的機會而雀躍不已——

如今，夢要醒了……

02

迎著晚風，我繼續夜跑的習慣。

用凝在眼眶的汗珠透析穹蒼，朝那寥寥無幾的星礫許願，我常常這樣對自己說：「我不寂寞。」

昔日火雞還沒移民之前，我至少有他作伴，現在只剩我一個，田徑場也變得暮氣沉沉似地。中秋月圓，他收到我的航空包裹，吃了我寄給他的香港製月餅，就打了通電話來答謝我。我和他閒談近況，說到學校運動會的事，順便向他請教賽前的備戰心得。

「有對手嗎？」

「有。一個全校最強的人物，連續六年稱霸田徑場的怪物。我不知道有沒有勝算……」

「我猜，你下星期會落敗。」

「喏？這怎麼說？」

「因爲你的聲音裡沒有鬥志。一個有決心參賽的人，是不會質疑勝算這回事的。」

「你說得對……」

在電話裡，火雞又勉勵了我幾句，我嘴裡說沒問題，但就是提不起勁。晚上喝了老媽煮的豬腎湯，但腎上腺素還是沒被刺激出來。

自己跟自己說不寂寞的我跑在沉默的夜裡。

任何夢想，都會有要清醒的時刻。

正如星光，無論多麼耀目，都一定會有隕落的一刻。

夜幔迷濛，忽藍忽紫的夜空上，高高在懸的月球恍若一盞射燈，照著孤寂的前路。

有些事情，無論如何不放棄，也未必會得到你想要的結果——譬如愛情。我一直以爲是人選擇自己的愛情，到了現在我才醒覺，原來是愛情選擇了人。

站在頒獎台頂點的只有一個人，愛情也是一樣吧？
戰鬥是孤獨的，沒有同情、沒有憐憫，只有勝者和敗者。
但我不是戰士，我欠缺戰士的鬥志。
WORRIED、SO WORRIED……路通往哪裡？
整個月亮，就像碎掉了，一片片啞然無光的碎片一一塌下來。
在月亮的碎片下，我漫無目的地拔腿跑。
直至我心裡的碎塊全灑落一地。

03

東方的天空漸漸白了起來。
我在睡床裡蜷曲成一條蟲，被單就是我的繭。
晨光照入我的眼簾，這個日子終於到了。
我根本沒有半點興奮感，向我身體襲來的是恐懼。

WORRIED、SO WORRIED……我不想戰鬥，我懼怕失敗之後，會連那一丁點的自信也失去。

這個早晨，不如裝病，藉此逃避戰鬥好嗎？

叮咚一聲，有什麼掉了落地。我伸手拾起來，發覺是一枚金牌，牌面上的浮雕是個奔跑著的女子，這是去年佩兒和我交換的金牌。

不可以逃避的……哪怕是帶著傷心，我也必須去運動場。

運動袋裡悶著我的銀色釘鞋、一件外套和高卡路里的簡單食品，少不了按摩膏和毛巾，還有火雞給我的田徑祕笈。

我離開家門，搭車到運動會的場地。

天空是迤邐的雲海，颳風下雨的機會渺茫。

來到運動場，來到同班同學之中，來到排隊點名的地方……

健泰一早有比賽，直接穿著運動服到場。他不知吃錯了什麼藥，朝氣勃勃，一見人就打招呼，整個人很亢奮的樣子。

「ARE YOU READY？」

健泰捶了捶我的胸口，用很「嘻哈」的口吻講話。

原來他將咖啡當作興奮劑了，一大早就喝了三罐咖啡，說什麼咖啡因有助增強體能……如果在

平時，我一嗅到他嘴裡的咖啡味，整個人就會被臭醒過來，變得精神奕奕……但我輕輕嘆了口氣，始終無精打采。

我捏了捏拳頭，發現自己的掌心在冒汗。

我在害怕嗎？有什麼好怕的？

紅橙藍綠，四個大隊，在看台上旗幟分明，而我和健泰也走入了橙隊的劃區。

健泰一聽到廣播，屁股還沒坐暖就要上場。

反正遲早會有比賽，我便趁早更衣。從運動袋裡拿出運動衣褲，託人看管我的東西，取了號碼布，便走到更衣室裡。

脫去我的校服襯衫，赤身露體，與身邊的人比較，發現自己的體格很結實強壯，並沒有贅肉，以前羨慕別人有一副好身材，我現在也不差了。

我真的變強了嗎？

我對著鏡子喃喃自語，像個傻子一樣。

走出外面，陽光仍然刺眼，場上正在進行一千五百米的比賽。仰首間，目光拾級而上，一個風采照人的長髮少女正在平台的通道上，星形的髮夾在耀陽下照樣綻放出它的光芒。

她是佩兒。

佩兒在上星期出院了，雖然無法參賽，也總算是來得及到場觀賽。

我在階下，她在階上，彼此朝對方走近，但因爲我擔心她身體有礙，便趕快多走幾步。最初瞧見她時，她的表情古靈精怪的，好像幹了什麼惡作劇的樣子……當她望著我時，又露出昔日的微笑。

「咦！我還以爲走錯區。妳怎麼過來了橙隊這邊？」

「我？我恰好巡邏，過來這邊。」

「妳剛病癒，學校還要妳當值，眞是不近人情呢。」

「不是啦，是我自己主動要求的啦……哈。我知道，橙隊的人對你期望很高，你今年要加把勁啊！不夠衝勁的話，我可以請你吃一盤『蔥莖（衝勁）炒飯』——洋蔥莖的『蔥莖』。」

我喏喏一笑。她字句裡的每個音符依舊觸動我的心弦。

雖然我知道這是客套話，她沒理由想看見我打敗袁學琛的，但心裡還是很感激。

她徐徐離去。我倏地回頭，她的背影消失在人群裡。

我看不見心中的陰霾，但我看得見自己的影子，它掀起了嘴角，彷彿在嘲笑我的樣子。

——不想輸給袁學琛。

這是霎時冒起的信念。但我知道，這個信念很脆弱。

04

紅隊與橙隊相鄰。

我的肚子有點餓，看見紅隊那邊有草莓口味的麥片，貪念一動，趁著那邊的人不多，便披著外套，冒充成紅隊的人，過去討東西吃。

我懶得混水喝，抓著一把麥片，直截了當塞入嘴巴裡，咕咕嚕嚕地吞下去。

「你眞可憐呀！竟然淪落到偷東西吃。」

咳、咳！混帳嘉芙，她突然一叫，嚇了我一跳，害我嗆到，咳個不停。

她還假惺惺地遞了杯水給我。

原來她和紅隊管物資的幹部是好友，因此可以睜隻眼閉隻眼，饒過我一次。我和她聊了一會兒，都是家常便話和一些互相勉勵的閒談。

「妳今天有什麼比賽？」

「女子二百米和跳高。」

「哦……」

「你會去看我比賽嗎？」

「才不要呢！一個男生在旁邊看著一大堆女生比賽，肯定會被當成偷窺狂！」

嘉芙在我耳邊用力地哼了一聲，我也聽慣了。她說跳高的比賽快要開始，跟我道了別，便往女子更衣室的方向直走。

「嗨！不好意思啊，我想問一下，你跟袁嘉芙很熟稔嗎？」

身後突然冒出一個男人，唐突地向我講話。這人的個子頎長、手戴護腕，運動服上扣著紅隊的號碼布。

「算是吧！我和她一直是田徑隊的隊友。」

聽到我這麼說，他露出如釋重負的樣子。

「呵……原來只是這樣，我還以爲……哈哈。對了，忘了介紹自己，我是中五丁班的李密開，學校現任高中組籃球隊的隊長！」

哦！我想起來了，原來他就是那個被嘉芙拒絕的可憐男人。

當他知道我姓穆名子晨之後，便大呼小叫：

「哦！你也參加了四百米賽跑嗎？你在初賽跟我同一組呢。別怪我沒早點告訴你，我可是可以在一分鐘內跑完四百米的男人。」

「請問你的個人最佳紀錄是？」

「五十九秒！這個時間可是很不容易的！除了袁學琛之外，學校裡就沒有人可以贏過我。明年袁學琛畢業之後，我就會稱霸運動會的男子高中組！」

「哦……祝你好運。」

這個叫李密開的學長真是厚臉皮，將手搭上我的胳膊，不熟裝熟，又問了一些關於嘉芙的事，但我統統說不知道。他臨走前，還伸出手故意耍帥，大聲說：「待會兒我們再見的時候就是敵人了！四百米比你所想的更加痛苦，你要多多努力喔，一定要撐到終點，千萬別中途氣餒。」

我心中不甘願，但還是被逼著和這個人握手了。

在他走後，我總算有片刻的安寧。

我，獨個兒，走到看台的最上排，擺出略帶憂鬱氣息的托腮動作，無法止息的思緒就在淡淡的陣風中徜徉。

心跳加速，血脈賁張。

賭上尊嚴的一刻到了。

命運還眞是捉弄人，我也翻過運動會的場刊，知道我和袁學琛在初賽就會碰頭，我在第六線道，而他在第八線道。

眼皮，緊閉。

心境，靜如止水。

我在腦中進行「比賽演練（GAME DRILL）」——

腦海浮現出八條跑道，每條跑道上都有清晰的白線。我站在第六線道上，右前方第八線道上的人是袁學琛。起跑時，我是用左腳蹬出去的，然後拔足狂奔，用正切的角度貼著線道的左側過彎，離開了彎道之後是直路——每個位置的弧度和它們延展的方向都曾在我的體內留下記憶——然後，到了最後一百米，就是決勝負的時刻。

男子高中組四百米賽跑初賽，第一次召集——

05

來自城市的熱風吹遍四野，我到場外慢跑熱身，做足舒筋活絡的伸展操之後，便過去田徑場的起點那邊。

袁學琛比我早到，一見是我，他的目光頓時充滿戰意，牢牢地追著我不放，那種壓力令我幾乎

窒息。

我不想和任何人聊天，換上釘鞋，就在跑道上反覆試跑了兩組三十米。

「咦！你這雙銀色的釘鞋是哪來的？我們學校有這種釘鞋可借嗎？」

本校籃球隊隊長李密開也來報到了，他又和我攀談起來，我的心情緊綳綳的，懶得理會他，可是耳邊還是他嘮叨的聲音，說什麼也得叫紅隊的隊長添購我這款釘鞋。

「袁學琛學長！我期待和你決戰已久，請你多多指教！」李密開過去找坐在一旁的袁學琛說話。

袁學琛卻連瞟也不瞟他一眼，令他自討沒趣。

心跳加速，血脈賁張，那種劍拔弩張的感覺，即便是閉上眼睛也不可減弱半分。

決定榮辱的一刻到了。

田徑隊的人都曉得，這場比賽將是我和袁學琛之爭。

這場比賽，除了我和袁學琛，大部分的人都沒用到助跑器。這東西與其不懂用，倒不如不用還好。但李密開見了，不甘心吃虧，也學著我倆，將助跑器搬到自己的起跑位置上。

發令員宣讀運動員的名字和線道，袁學琛和我走上前面，分別在第八線道和第六線道的起跑點前做準備。

準備妥當。

在起跑位置，我把雙手按在地上。

「ON YOUR MARK——」

食指。拇指。只用四隻手指，支撐著整個上身。

「GET SET——」

屁股向天，一種要發炮的姿勢。

「GO！」

全力，跑！

鳴槍一響，我條件反射地彈出，掌握了那種快要前跌但又不是前跌的感覺，後蹬的力量爆發，隨著速度加快而仰身，鞋尖像猛虎的牙般咬地，斜著身子在彎道內奔跑。對於這組動作，我熟練至極。

起跑不到二十米，我就超越了第七線道上的李密開。

眼前是個扣著藍色號碼布的背影。

只有袁學琛在我的前面。

袁學琛由起跑的一刻，就傾盡了全力，力求速戰速決。他的腿如戰車的輪子，在橘紅色的跑道

上刻劃出一條炙熱的轍跡。

在以前，他是我不可希冀的目標，我絕難想像，現在我竟然可以從後緊緊追逼著他。

她她她……簡直是從天而降的天仙姊姊！

自那一天開始，我的生命有了追求的目標，每天也爲這個目標奮鬥。

「你有興趣加入田徑隊嗎？來吧，很好玩的，請在這裡簽個名吧！」

加入田徑隊，不，我應該說，認識佩兒是我這一生的轉捩點。

要不是她的話，我根本不會發掘自己的潛質，我根本不會開始苦練田徑。

我踏出了第一步，還學著愈走愈遠呢……

「你和我打勾勾，答應我，要變成一個不輸給別人的運動員！」

我的身體好像不是屬於我的，手腳機械化了，抬放的節奏和頻率異常平穩，平穩得連我自己也難以相信。

不用多說，第六線道的我和第八線道的袁學琛，在二百米的直路遙遙領先，有如兩個飛之不竭的箭頭。由於袁學琛在外線道，彎道的距離較長，要是他在這段直路被我迎頭趕上，那他就是完蛋了。

他一直以雷厲風行之勢向前衝，不讓我超過他。

到了第三段一百米，我準備以高速入彎。

佩兒的笑靨乍現。

一離開三百米的彎道，就是決勝負的時刻，這是她教過我的事情。

大腿的引擎起動了，已經無法制止，我飛快地交替雙腿，加大步幅，加速到極限。

本來是袁學琛先入彎的，但我仗著跑在內線道的優勢，很快就逼近他了，痛苦得快要崩潰的感覺傳遍雙腿，但彼此依然你追我趕地較勁。

在高速奔跑之下，視野變成模糊一片。

彷彿是一眨眼，彎道就沒了。

進入最後的一百米直線。

地動山搖的喝采聲罩了下來。

我領前。

入彎前，別人還無從判斷選手之間的差距，到了平坦的大直線，一切差距隨即立竿見影。

袁學琛就在我的右後方，他比我慢了三個身位，後方的空氣就似一團渾沌的火焰，快要吞掉我似地。

我知道只要保持這個速度，我將會第一個抵達終點。

目光掠過看台時，看見佩兒倚靠著欄杆，視線不是看我這邊，卻是望著我身後的袁學琛。

「風林火山」這個口訣，我一直以爲最容易做到的是「不動如山」，卻沒想到恰恰是相反的——要在瞬息萬變的世情之中，保持著一顆不動搖的心，這才是最難的。

我輸了。

鬥志一旦消失，便再也沒有跑下去的燃料。

我緩緩減速，緩緩收步。

最後，我動也不動，在終點前約四十米的地方停下。

我在追趕什麼？我眼前什麼也沒有。

群眾喧譁吵嚷，但我仍然在跑道上呆立不動，眼見第八線道的袁學琛衝線了，我始終不爲所動，甚至連其他線道的運動員也逼近了，我亦遲遲沒有衝過終點線。

「懦夫！」

哪個方位的哪個人罵我呢？我抬頭，瞥見附近看台上的嘉芙。

「妳罵我什麼？」

「懦夫！沒用鬼！屁股少了一塊肉的笨蛋！」

「我不是！」

「有種便給我衝過去！」

我知道這是她的激將法，苦笑了一下，我就跨越了跑道的外圈，由場邊離開了這個戰場。當然，這樣做的後果就是被取消資格，但我已經不在乎了。

就在此時，袁學琛衝著我而來，氣沖沖地揪著我。

「你爲什麼在最後停頓了？這是什麼意思？你是瞧不起我嗎？」

「我絕對不是這個意思。」

想讓他拿到金牌，然後贈予佩兒，這種理由我怎說得出口？

又或者，這個才是眞正的理由：

「不，眞的要跑的話，我一定無法勝過你——因爲有人在終點等你，而我沒有。」

無疑，我已失去運動員的尊嚴。

袁學琛放下我。

他背著我離開橘紅色的跑道。

我在四百米跑的初賽——

棄權。

06

「叉、燒、包！」

「你爲什麼要怪叫？」

閒來無事，我便過去看健泰的三級跳比賽，瞧見了健泰試跳時的怪況：他第一步單足起跳，叫個「叉」字，第二步跨步跳，叫個「燒」字，最後一跳則喊出最後的「包」字。

「每跳一步發一個音，可以增加動作的連貫性。」健泰這樣解釋。

「爲什麼不叫『菜肉包』、『奶黃包』，而要叫『叉燒包』？」

「我研究過了，『叉燒包』的發音最順口，最能配合三級跳的韻律。我每唸出這三個字，就能跳得更遠。你說神不神奇？」

「不會吧……到底有沒有科學根據……」

負責老師出來宣讀決賽名單，排名第一的是紅隊的李密開，成績是十一米零三。而健泰以十米五五的成績屈居第二。

李密開一看見我，就露出一副「是你啊」的眼神，然後扠著腰，用前輩的口吻說：「看！我給你的忠告沒錯吧？四百米不是那麼簡單的，你前段跑得太快的話，後段一定會洩氣的！」

我愣眼巴睜地看著他，啞然失笑不是，向他解釋又不是。

健泰和李密開要在剩下的三次試跳分個高下。

所謂三級跳，當然和電影三級制沒有半點關係，而是田賽的項目之一。基本賽例和跳遠一樣，規定參賽員連跳三次，然後丈量其所跳之遠近，比較個人最佳一跳的成績來排名次。

根據田徑祕笈裡的知識，三級跳選手有三種技術類型：高跳型、平跳型和混合型。李密開的彈跳力很強沒錯，明顯是高跳型的選手。而健泰的優勢就在速度和爆發力方面，所以他是平跳型的選

手。

孰勝孰負，說到底，就看誰能發揮出眞正的技術。健泰在第四跳一蹴而起，二步騰空，三躍而跳入了沙池，感覺是很好，但還是沒法超越李密開的最佳成績。

「健泰啊，你是爲了什麼而比賽的？」

「比賽就是比賽，哪會想那麼多？I LIKE THIS GAME！SO I DO IT！」健泰今天興奮過度，滿口夾雜破英語。

要不是今天聽了他這番話，我還一直以爲他在田徑場上的意義只在於泡妞而已。不過，我眞羨慕他這種頭腦簡單的人，難得糊塗又白痴，做人眞的少卻很多煩惱。

到了第五輪試跳的時候，李密開這個人不知是太愛說話，還是太過自大，自己跳完之後，便過來我們這邊，自吹自擂：

「這個項目根本是爲我而設的嘛！很高興遇見你這樣的對手，但我是籃球隊的，跳躍力本來就特別好，所以是不可能會輸的！」

口氣這麼大的學長，我還是頭一遭遇見呢。

我斜眼盯著走開了的李密開，嘴巴對著健泰：「你不會輸給那種人吧？」

「步位OKAY。風向OKAY。好。我來眞的了。」

只見健泰一屁股坐在地上，先脫鞋後脫襪，再換上他那雙從外國網站買回來的紅色釘鞋。

紅色的鞋邊有兩條白色火焰，鞋身有條拉鍊，符合本季的潮流標準，眞是酷得不得了。

健泰挺立助跑道上，雙腳一前一後擱著，颯然指著李密開那說：「ARE YOU READY?-I AM READY!」

勝負就是在這一跳判定的。

叉、燒、包！

一抹紅光在半空中掠過，幾下霍閃，弧起弧落，然後健泰就贏了比賽。

07

「小兄弟！你SUPER厲害啊！」

我和健泰回到橙隊的看台，今年的男隊長湊近過來，我以爲他在對健泰說話，沒想到他那番話是衝著我說的。

「你在終點前那一下停頓，眞是妙不可言！我唸了六年中學，還是第一次看見有人可以大挫袁學琛的銳氣……你還目空成敗，悠然自得地退出比賽，眞是太帥了！」

「我不是有心這麼做的。」我百般無奈。

「不管你是有心還是無心，可以勝過他就好了。」

女隊長向日葵也來了，她和男隊長一同出現，就是爲了找我。她臉上掛著細框眼鏡，眞是愈來愈有威嚴了。

男隊長在我胸口大力捶上幾拳，像要和我結成肝膽相照的乾兄弟，慚愧的是我到現在還不知道他的名字……

「我、你和健泰組成鐵三角，湊成今年最強的接力隊，在四乘四百米接力賽打敗其他三隊！」男隊長說。

「對不起。我實在不想跑。」

「爲什麼？你有那樣的實力，不出賽太浪費了！」

「我……」

「有什麼事，不妨直說啊！」

「在夢想的跑道上折翼的我，已經失去再飛起來的力量。」

我此話一出，現場氣氛變得很冰冷……

大家都用極爲詭異的目光看著我。

「總之……接力賽和個人賽不同，我不想連累全隊的人。」我搔了搔頭。

恰巧在這時，有幾個隊員過來報告，一個號碼布不見了、一個買不到香蕉、一個找不到正被通緝的橙隊運動員……向日葵和男隊長一時無法抽身，忙得不可開交，便把勸我的事擱在了一邊。

趁著這個大好時機，我開溜了。

□

場內廣播呼籲同學返回自己的隊區，午休時間快到了。在更衣室裡，我脫下運動衣，把它塵封在運動袋裡，打算不再碰它。

我憂鬱地笑了笑——

明天我不會參賽的，我不會再穿上運動服。

一走出男更衣室，就和嘉芙碰個正著。

我心虛地打了個哆嗦，要不是瞧見她的驚色，我還以爲她一直埋伏在外面等我呢。

嘉芙拉著我不放，沒完沒了地要我聽她訓話：

「哼！穆子晨，我早就知道你是個重色輕友的大混蛋。」

「我又哪兒得罪妳了？」

「你不守信諾，賴皮豆腐精！」

「我只是答應過妳會參賽，可沒答應過要贏啊。」

我嘿嘿乾笑幾聲，嘉芙聽到後怒不可遏。

「你到底想怎麼樣？怎樣做才能讓你重新振作？」

「妳穿著比基尼泳衣在田徑場上跑一圈。」

「……」

「做不到嗎？那就不要管我。」

嘉芙狠狠一腳踢向我小腿上的要害。

「好痛啊……」我嗚咽的同時，嘉芙又指著我的鼻子大罵：「你看看你現在的樣子，真令人討厭！我寧願你是以前那個吊車尾的穆子晨，雖然沒用，卻比現在有志氣多一百倍！」

我苦笑，目送嘉芙的背影遠去。

她罵得很對，我沒法反駁……

現在的我，眞的迷失了……

這個下午，健泰和其他同學到外面吃飯。他問我去不去，我就說我病了。他問我什麼病，我就說我患了青少年自閉症。

我獨個兒走著，到運動場附近的便利商店，買了兩排巧克力和一袋麵包，都是高糖和補充碳水化合物的食品。

然後，便拎著購物袋回去運動場。

正想上去橙隊的看台，不經意一瞥，望見藍隊的看台上有兩個人，他和她卿卿我我，一個悉心溫柔地舉著便當餵他，一個柔情蜜意地牽著她的手。她的頸上掛著一面金牌，想必是他送給她，並親手為她戴上的。

像佩兒如此清秀脫俗的仙女，也需要塵世間的愛情；而像袁學琛那樣硬朗的男人，也會做出孩子氣的舉止。這就是墜入愛河嗎？

佩兒眞的很幸福。

我羨慕地多瞥了幾眼，然後黯然地躲在樓下的一角，吃我的孤獨午餐。

08

第一天的賽事結束了。

運動會的第二天來了。

晴空，熱風。

綠茵場，塑膠地。

四隊旗幟，八線跑道。

在同一個田徑場上，盛況和昨天一樣，延續未完的賽程，進行的大多數是決賽項目。

因為運動會接連兩天舉行，不少運動員雙腿瘦得要死，暗暗叫苦，終點線那邊的呻吟聲一浪接一浪，但與我已經毫不相干了。

在今天，我沒有個人項目，整天都會扮演好觀眾的角色。

回想兩年前，我未接觸田徑之前，也是像現在這樣，呆在看台上打混……

雖然優哉游哉，但感覺上，自己就像基本零件壞掉了的機器。

三千米、一千五百米、八百米、四百米……

隨著一聲聲驚心動魄的槍聲，一列列的參賽者奪勢而出。

看見別人衝刺的一刻，我的心臟都會狂跳不已。

「明明沒有比賽，爲什麼還要帶運動服回來？」健泰一邊亂翻我的運動袋，一邊問。

我怔怔無言，看著他一會，便嘆著氣回答：

「你別誤會。只是我太懶了，懶得收拾東西，便帶著同一個運動袋回來……」

「眞的喔？」

「這有什麼稀奇嗎？我知道你有時也懶得兩天沒洗澡，帶著臭臭的身軀回校上課……」

健泰說不過我，他的幾個意中人在接下來的時段都有比賽，沒空管我了，匆匆跑到無遮無擋的田徑場上去了。

決賽成績貼出來了，我無所事事，便過去大會布告欄那邊看看。

毫無疑問，袁學琛戰績輝煌，穩奪四百米、跨欄和跳遠的金牌，繼續蟬聯全場個人冠軍的頭銜，在學校的田徑檔案上名垂青史。

本來女子百米欄是有看頭的比賽，可是佩兒因傷缺席，是誰勝出我已不在乎了。

只看著別人的成績，縱然有趣，但始終事不關己……

原來當觀眾是一件這麼無聊的事……

棋藝學會的人居然在看台後排舉行國際飛行棋大賽，破壞現場規矩，有違觀眾禮儀……我看不過眼，又剛好有時間，便悄悄向風紀告發他們，算是做了一件替天行道的好事。

後來，真的無事可幹，又不想再看低程度的比賽，我帶著一杯奶茶和一份三明治，腋下夾著報紙，便到運動場的男廁打發時間。

在公共廁所裡大便，可以幫家裡省下很多買衛生紙的錢……這是媽媽的教誨。

出出入入，入入出出……

時間過得真慢呢。

後來因爲真的怕屁股長出痔瘡，我於是離開了男廁，到外面呼吸一下新鮮的空氣。

路經看台下的休息區，有人在叫我的名字。往來穿梭的人群之中，有穿校服的，也有穿運動衣的，但我要找的人卻坐在陰涼的牆邊。

嘉芙原來是坐著的，一見到我便精神奕奕地站起來。

那時我也注意到了，她的膝蓋紅紅的，不知怎地腫了一塊……

「這是女子跨欄的金牌。我做到了。」

嘉芙得意洋洋地說，拿出她剛到手的獎牌。

我不由得一怔，差點就想問出「是不是只有妳一人參賽」這種話……但我有看過場刊，知道今年的女子百米跨欄競爭激烈，可見她的得獎並非僥倖。在我不知情的期間，她肯定下過苦功練習。

我和嘉芙走到自動販賣機前。

爲了獎勵她，我請她喝飲料。

「妳想喝什麼？」

「寶寶力量水！」

將這罐飲料遞給嘉芙之際，我想起兩年前和她在體育倉庫裡相識的點點滴滴。不過，她不再是愛哭鬼了，當時她要補充的是淚水，現在要補充的是汗水。

她好像也想到了這件事，與我對望，靦腆一笑。

「我已克服了心中的障礙，你也一定可以的！」

嘉芙一說完，就將她的金牌掛上我的脖子。

我再魯鈍也明白了她的意思……一時之間，我思潮起伏，卻沒有半句回應。

「這枚金牌是我送你的，你要回禮。」

「回禮？我已經沒比賽啦。」

「還沒完的。還有比賽哩。今年你會跑四乘四百米接力賽吧？那金牌我預訂了。」

看著嘉芙一臉雀躍的樣子，我實在不想令她失望，但是……

「我不是不想跑，而是妳哥哥一定也會參加啊！我和妳非親非故，而他是妳的親哥哥，妳怎會

希望我贏？」

「我就是希望你贏。」

這番話說得相當堅定。

嘉芙盼望我會參賽，我卻猶豫不決。

「妳哥哥知道妳的心向著我，他會很傷心的……」

「我也不知道爲什麼，但我的心就是向著你。」

她滾著圓圓的眼珠凝望著我。

剛剛那番話有特別意思嗎？我還在思索的時候，就看見她深呼吸一口氣，正面向我說：

「如果有個喜歡你的女孩子在終點線等你，你會不會爲她而跑？」

「怎會有這個人？」

「穆子晨，你聽著，我喜歡你！只要你肯跑，我會在終點線等你的。」

我呆呆凝望她那流光溢彩的眼睛，加上那烏黑得發亮的睫毛，我難免有點兒心動，但分辨不出她是認眞的還是哄騙。

然後，我逃避了。

「別開玩笑了！爲什麼要逼我跑？妳放過我好不好？」

「大混蛋!你去死吧!」

眾目睽睽之下，嘉芙突然揍了我一拳，是轟向面門的正中直拳。嘉芙接著過來，連續踩了我三腳，痛得我喊不出一句話。施暴之後，她憤憤然離去，完全將我丟棄在另一個世界裡。

「想殺人嗎？」我嘀咕。

最毒果然是婦人心……

不過……

很抱歉。

這是我欠她的回答。

09

血，本來就是熱的吧？

做運動的時候，血液就會更熱吧？

人的體溫平常是攝氏三十七點五度左右，但有些人做運動時，可以升至四十度以上。

艷陽下，綠地的草色更明朗了，火辣辣的運動場未有降溫的跡象，可是運動會已近尾聲。所有個人項目陸續結束，看台上的隊員愈來愈多。

在橙隊這邊，健泰和幾個學長上來看台，身上穿的仍是運動服。我本來想躲在一旁，但既然互相瞧見了，只好走過去打招呼。

「你和嘉芙之間發生什麼事嗎？她氣沖沖地跟我說要和你絕交。」健泰問。

「嘉芙還有說什麼嗎？」

「她託我傳話給你：死呆子，你不要太得意，我剛才說的話只是哄你的，你千萬別自以爲是。」

「……她眞愛面子。」

我和健泰的話還沒說完，神色慌張的男隊長就插入我倆之間。

「不得了！」他大叫。

我和健泰傻眼看著男隊長。

「今年運動會將會出現運動界百年難得一見的奇觀，好比四星連線、九子連環、超級日全蝕、麻將摸中天胡十三么……」

「對不起……我不懂你說什麼……」

「四隊同分！計分的結果出來了，所有個人項目結束後，紅橙藍綠四隊的總分完全一樣！成王敗寇，關鍵就在接力賽上！我們在女子接力賽有機會取勝，現在就看男子組了！」

其實……

我一度懷疑隊長就愛哄人，刻意製造最緊張的氣氛和危機感……

就在此時，場內發出廣播，一字字讀出各隊的總分，當聽到橙隊和藍隊同分，已出現第一浪驚歎聲，再聽到四隊總分相同，全場頓時鬨動，歡呼聲大得震耳欲聾，人人都對最後的接力賽引頸企盼。

向日葵和她率領的女子接力隊隊員，都從另一邊上來了。

一見面，她就說：

「穆子晨，你一直有留意比賽，我想你也應該知道，我隊男生的專長是在田賽項目。男子四乘一百米接力，我們是半放棄的了，到時只有上下同心，祈求鄰隊的運動員跌倒……」

向日葵目光炯炯地瞅著我，但我默不作聲。

「所以——和往年一樣，你是我們最大的希望！只有由你來打敗藍隊的袁學琛，我們才有機會奪得全場總冠軍！」

一雙雙滿是期待的眼睛，都聚焦在我的身上……

「田徑場在呼喚著你，爲橙隊而戰是你的天命！穆子晨兄弟，你已是橙隊的風雲人物，你不會令大家失望吧？」

男隊長又在嘴上使盡功夫，勸我代表橙隊參賽。

說眞的，學校能在一分鐘內跑完四百米的人眞的不多，要是由我出戰的話，勝算眞的大大提高。

但……

袁學琛也會跑吧？佩兒會在終點等他吧？

「我不在乎光榮。」

我給了大家一個爛透了的回答。

男隊長無助地望向健泰，拜託他出馬。

健泰閉著眼沉思一會，然後在隊長耳邊說了幾句話，一副好像很瞭解我弱點的模樣……

「一、二、三、四、五、六、七！」

橙隊啦啦隊的七大美女出動了，對我拉拉扯扯的，搔首弄姿、嬌聲嗲氣，前一句英雄後一句公子，極力說服我出賽……豔福好得惹起其他隊員的投訴……

連我也很佩服自己的定力，摒除一切雜念，美女擁於前而沒有點頭……結果，這一招對我仍不奏效。

我拒絕出賽。

「幹！你別來這一套，我最討厭有人裝酷！」健泰發火了。

「我不是在裝酷！我是……我是真的很憔悴。」我一邊回答，一邊輕撥頭髮。

軟的不行，健泰便來硬的。他用「十字固」勒著我的頸，問我投不投降。還好我從網上的摔角影片學過破解方法，用手指扳開了他的關節鎖。

「我不會屈服的。」我的立場堅定。

「算了，我勸不了他。」

健泰一臉無奈，回去男隊長那邊。

連健泰也勸我不成，男隊長和向日葵面面相覷，同時露出一籌莫展的表情。然後我聽到他們圖謀不軌的對話：

「只好出動本隊的四大猛男了……」

10

在光天化日之下，他們犯罪了。

我的嘴巴被塞著白襪，又被四個壯丁挾住雙手雙腿，抬到了運動場外的小叢堆……

雖然我跑得快，但當我遇上眞正的暴力還是反抗不了。幸虧我是橙隊的主將，他們終究愛惜我的身體，在我掙扎時，也沒用木棍來擊暈我。

說時遲，那時快，他們開始強硬拉開我襯衫上的鈕釦，扒光我的衣服……

敬酒不吃吃罰酒，折騰了一番，當我被抬回田徑場時，身上已被換上橙隊的運動服，圓領口露出半截襯衫，另外半截還在裡面……

嗚，想不到我會用這種方式出場……

這時候，驟眼一看，所有參加接力賽的代表，都已在起點附近密密匝匝地集結。

「你們綁架我來這裡，就是要逼我跑嗎？」我大喊出來。

「穆子晨，雖然我們的手段有點粗暴，但希望你明白，你對我們來說很重要。藍隊有袁學琛，綠隊有足球小將秦朗和當勞，紅隊有灌籃高手李密開……在我們之中，只有你的實力可以與他們抗衡，所以由你來跑最後一棒好嗎？」向日葵好言好語。

橙隊的人不停游說我，但我還是不肯點頭。

「雙腳長在我的身上，我無心戀戰，也跑不出什麼好成績的！」

我一邊氣憤地說話，一邊整理衣衫。

向日葵等人聽了，一時也無話可說。

前任隊長向日峰來看我們，明明穿著短袖，也要作勢捋起衣袖，伸出寬大的手掌說：「我們把手疊在一起，大喊『橙隊SURE WIN』吧！」

眾人圍成一個圓圈。

我的思緒卻不在這個圓圈之內。

對我來說，四乘四百米接力賽有著重大的意義。生平第一枚金牌，就是來自這項賽事，這是我由軟弱走到堅強的里程碑，亦滿載我和佩兒之間的回憶。

我已決定埋葬這些回憶了。

那樣的話，我跑下去還有什麼意義？

再者，以我現在的心態，我連自己也戰勝不了，又如何去戰勝別人呢？

我幡然垂頭，慚愧地向所有人道歉：「對不起，但是我的狀態真的很差，我真的不想跑。」

向日峰聽了，雙手使勁捏著我的胳膊：

「你這是什麼話？我們都願意相信你！」

「很對不起，我一定會連累大家。」

我的眼波沒有被人勸服的鬆懈，亦沒有讓人挽留我的餘地。

「你眞的決定了嗎？」健泰再問一次。

「非常對不起。」

我依然垂著頭，不敢正眼瞧著任何人。

「我會鄙視你一輩子的。」健泰氣憤不已，喊了出來。我認識他這麼久，他還是第一次把話說得這麼重。

「不過，你突然想跑的話，我們會歡迎你的！」

他這傢伙……

我曾有一絲衝動留下來，但我還是不顧而去。

田徑場，是我的傷心地……

我連比賽也不想看了，便挽起自己的運動袋，朝男子更衣室的方向走，那裡就是最適合我的避難所。

□

萬念俱灰。

推開男子更衣室的門扉。

進內，坐在白膠漆的長凳上面。

我沒有立刻脫下運動服，只是背靠著牆，慵慵地闔上了眼。這副模樣，眞像一隻垂死的老鼠，一隻營養不良的鬼魂。

門又掀了開來，有個人進來，是同班同學甲。

「喂喂，穆子晨。」

「有何貴幹？」

「剛剛我經過更衣室門口，嘉芙強逼我進來，叫我替她跟你說：請你立刻滾出去。」

「麻煩你幫我傳話：我不是熊貓，不會滾的。」

「嘉芙在門口等你呀。」

「不用管她！」

同學甲摸不著頭腦，掩上門，在我眼前消失不見。

可惡！爲什麼人人都來勸我跑？我想放棄也不可以嗎？健泰如是，向日葵如是，嘉芙如是……

但……

最可惡的是，爲什麼我最想她來勸我的人，卻沒有來勸我？

男子高中組四乘四百米接力賽，即將開始——

我爲什麼會喜歡上田徑？

原因只有一個：我想保護與佩兒之間的承諾。

僅此而已。

也許我根本就不喜歡奔跑，也許我根本不喜歡爭勝，也許我根本不配做一個運動員……這兩年間，變強了的只是肉體，我的心仍是脆弱的。

我不想再跑步了，今天不想，以後也不想。

可以的話，我不想再變強，我只想回到過去那段日子，逗留在喜歡的人身邊緩步跑，哪怕我只是個沒用鬼。

在風扇下，花萼狀的陰影上，晃著一張照片，如蒲公英的種子般輕輕飄落，落在我的鞋頭前面，而我當時正好從運動袋裡翻出外套。

是從我的運動袋裡掉出來的？

我正奇怪是怎麼一回事，一幀被遺忘了的景色，再一次攝進眼睛裡，回憶就像畫卷一樣在腦中展開——

那是佩兒半年前離校那一天，她和我在操場上的合照，晃耀的陽光令人幾乎睜不開眼，但我倆還是握緊了拳頭，右臂橫舉胸前，竭力笑著，擺出鬥志激昂的姿勢。

——照片是佩兒昨天偷偷放進去的。

我將那張照片拿在手裡，半晌不能作聲，接著翻到了背面，就看到那幾行少女筆跡：

阿晨：好笑的是，每當我想起你，往往出現你拚命奔跑的樣子。這樣的你，也感染了我，令我得到了力量。

在我們一生中，應該只有一次唸中學的機會吧？畢業後，我們會變成什麼樣子呢？在各奔前程追尋理想時，希望你記得，我和你曾在相同的跑道上閃爍的汗水。你永遠的——林佩兒。

P.S.風雨不改，青春無悔！

ON YOUR MARK——

GET SET——

那一刻，我使力捏著鼻翼，緊緊拉著眼皮，才關得住奪眶而出的淚水。

我曾經迷惑，一段無法結果的戀情到底有什麼意義？

到這一秒，我才眞正明白，勝利有它的意義，失敗也有它的意義，就算是狠狠摔倒，就算是淚流滿面，只要依照自己的心來完成最想做的事，這一生也就算是不枉過了。

GO——

鳴槍「嗶」地一聲，響徹雲霄，連我這裡也清晰聽見了。

爲什麼會這樣？我竟然會感到悔恨？

我不得否認，到了這一瞬間，我才發覺我的心原來是很想跑的，原來我……

但是，比賽已經開始了。

沒有人可以讓它暫停。

無論我怎樣看待生命，地球仍會繞著軸心不停地運轉，世人自顧自地幹著瑣瑣碎碎的事情，根本不會爲我停頓一微秒。

我是個由戰場裡逃跑出來的懦夫。

失去力量的背肌靠在牆壁上。

剩下的只有懊悔。

尾聲
在那終點線的後方

嗶——

四乘四百米接力賽開始了。

我靠著牆壁，讓時間溜走，還以爲過了很久，看看手錶，原來只過了三十多秒。

藍隊應該會勝出吧？因爲有袁學琛壓陣。

因爲我的緣故，橙隊陣腳大亂。要是我跑第一棒的話，我大有信心可以抛離對手一大段距離，第一個抵達交棒區，先立下馬威……但比賽都開始了，我已經退出了，又有什麼資格說這種話？

在我想跑的時候，爲時已晚。

闔上眼皮，回憶是模糊的田徑場。夢境深處，總是自己在奔跑的影像。回想兩年多之前，我曾站在看台上，滿懷憧憬看著在跑道上飛揚的跑者，暗暗立下誓言，渴望自己背上長出和他們一樣的翅膀。

眞諷刺呢！翅膀長出來了，卻是鴕鳥的翅膀，自欺欺人地把頭埋在沙下。

時間過了一分多。

應該剛交完第一棒了。

到了今日，我終於有踏上田徑場競賽的資格，兩年來的不斷努力，證明我有跑的天分。

然而，當天支持我跑的目標，已經不復存在了……我是爲什麼而跑呢？觀眾的掌聲、閃閃發光的獎牌……還是，純粹是爲了一個女生？

我是個失敗的跑者，連跑的理由也沒有。

周圍的氣氛開始變得熱烈，周圍的喧譁聲絡繹不絕。

嘩！噢！啊！更衣室裡出現男人的驚呼聲。

發生什麼事？我睜開眼。

男生的動作都很一致，匆匆穿上褲子，又或者用外套掩住自己的裸體。

陽光刺眼，大門口被推開了，嘉芙站在陽光的中間。

「穆子晨!!」她吶喊。

我實在不能相信。

嘉芙不理會更衣室裡的其他人，她應該也「有點」尷尬，兩頰通紅，步履左右歪斜，一邊走向我一邊大叫：

「懦夫！」

「笨蛋！妳在幹什麼？這裡是男子更衣室啊！」

她既慌張又要逞強，隨手舉起半裸男孩甲的彪豹牌長袋，傾盡全力拋進我的懷裡。

「唷……很痛啊！推鉛球女王！」我捂著肚子大叫。

她神經失常，亂喊一通：

「沒用鬼！沒用鬼！沒用鬼！」

我悶吭一聲。

「隨妳怎麼說，輸贏對我來說已經不重要了。我贏了也不會有人開心，反而輸了的話……」我說。

嘉芙抓起內褲男孩乙的水壺，在我頭上倒水。

「冷靜！」我半身濕透，正想大發脾氣，又留意到周遭的奇異目光，便尷尬拉了嘉芙出去。

甫一走出更衣室，她便哭哭啼啼起來。

「嗚……我連這種事也做出來了，你還不肯去跑……」

原來她也有這麼可愛的一面呢……她的大膽作風更教我哭笑不得！

而且，每次都讓我得到勇氣。

「DON'T WORRY，BE HAPPY！」是她經常安慰我的口頭禪。

從凝望她的瞬間，我明白了一件事——她對我來說就是太陽，照亮我的太陽。只要有她在我的身邊，我一定可以從悲傷裡走出來。

「嘉芙，不要哭了。我也很喜歡妳啊，我不會讓妳失望的。」

她似乎懷疑自己的聽覺，霎時不懂回應。

這時候，我背著她，邁步離開。

「你要去哪裡？」她問。

「去跑。」我停了停，轉身對她說：「妳會在終點線等我的，對不對？」

我向她豎起一隻挺直的大拇指，然後跨開大步趕往起點。

「阿晨！去吧！拿不到冠軍我就揍你！」

嘉芙的聲音在我背後飄揚。

竟然說出那樣的話，竟然和她在更衣室裡做出那樣的鬧劇，我和她肯定都壞掉了幾條神經。但那一剎那間，幾個月來的愁雲盡散，我終於明白要作出一個怎樣的抉擇。

來得及嗎？

來到四百米的起點，看見橙色號碼布的運動員剛好抵達接棒區，交出了銀色的棒子。無奈只差幾步，我目光呆滯地瞧著他揚長而去，心中懊惱不已。

果然趕不及！

我也眞是的……這般忽然出現，別人又怎會讓我跑呢？

「阿晨！」

健泰提起一雙釘鞋，扔到我的腳邊。

「快穿！沒時間了。你果然來了，果然沒讓我們失望！」

希望重燃，原來剛剛離去的只是第三棒。

我歡喜若狂，搖了兩下腳踝，套進了鞋子。

「你才是橙隊第四棒的不二人選。」健泰用力拍我的胳膊，推我出去。

「本來是誰跑最後一棒？」我不禁想到這個問題。

「管這麼多幹嘛！該去接棒區了。」

心領神會的一刻，看見健泰的赤腳，我知道答案了，忍不住向他說一聲謝謝。

「謝我就跑贏給我看！」

我在接棒區附近準備。

原來藍隊的最後一棒不是袁學琛，藍隊的隊長以爲贏定了，搶著出風頭，就央求袁學琛讓他跑最後一棒。

遙遙領先的藍隊運動員交棒了。接踵而至的是紅隊和綠隊……至於我隊的運動員，還在大直線的遠端，苦苦拖著腳步跑，像極了一輛老古董蝸牛車。

……吊車尾？他們到底找了些什麼人來湊隊？

領先隊伍越離越遠，我焦躁不已，號碼布是橙色的人回來了，棒子一交到我手上，我就開始衝刺，不斷地奮力衝刺。

最前方的藍隊跑者離我很遠，約有八十米的距離。

在四百米的競賽之中，八十米可說是絕望的差距，對小螞蟻來說，更是牠一輩子也環遊不了的世界。

正常人看到這樣的情況，是不可能不放棄的吧？

但我心中毫無畏懼——

因爲我喜歡在逆境中戰鬥。

什麼「風林火山」的訣竅，我統統拋諸腦後了，我從頭到尾都用最高的速度去跑，變成一陣疾風，再化爲一團火焰，風風火火地闖過了第一個彎道。

全身的汗水有如烈酒，揮發在刮臉的氣壓中。

自焚的感覺開始纏繞我的雙腿。

在二百米的大直線——

我跨大步跑，直至覺得自己是一道閃電。

如閃電般接近前面的跑者。

我不會多想了。我從未在四百米的競賽裡用過這樣的高速奔跑。簡直是自殺的行爲。但我想贏，由衷地想贏，背後的承諾不允許我輸。

輸了的話，又要被嘉芙大罵懦夫。

我不希望下一年沒有好日子過。

不顧一切地奔跑！在我闖入第二個彎道之前，已一口氣超越了紅隊和綠隊的跑者，我不用回頭也清楚，他們一定吃驚得目瞪口呆。

不管那麼多，只管傾盡全力去跑——我尋回了這種久違了的信念。

但前方那個藍隊的跑者，可不是容易追得上的。

只差四十米。

三十五米、二十五米、二十米。

眼看快要追到了，但肌肉實在負荷不了，每抬起一步都要用更大的力氣，我的燃料亦像快要用盡一樣，乏力感由四頭肌擴散開來。儘管很想再快一點，但那二十米的距離就是縮短不了……

已經是極限的極限了嗎……

二十米？二十四米？二十八米？到底我和前面的人相差多少米？

我的焦距變得模糊不清——

在彎道的尾段，快要進入最後一百米的直線。

風景很美，歡呼聲很大。

「到了最後的一百米，就是決勝負的時刻。」

離開彎道的時候，我尚差三十米才追得上藍隊的跑者。

這是最後的直線——決勝負吧！

我深呼吸一口氣，要吞這口氣延續到終點。

WORRIED、SO WORRIED！

雖然還是會擔心，我卻不會再猶豫，因爲目標就在眼前！

懂得保護自己認爲重要的東西，包括一切承諾和相信自己的人，就是一個由男孩成長到男人的過程。

我答應她了，我會第一個衝回終點。爲了不要令她失望、爲了報答她的支持，我把雙腿的安全裝置撤消，讓熱血輸送到血管的每一處，急劇燃燒，恰如渦輪噴發的火箭！

二十五米、二十米、十五米、十米……只差五米了！

本來我是不可能追到這個地步的。但對手在最後一刻猶豫了，在不尋常的歡呼聲之下，回頭看了一眼，而這一眼也讓他的心動搖了。

觀眾的喝采聲淹沒了我，灼熱的視線淹沒了我，人海的影子淹沒了我。

離終點只有二十米，和藍隊的跑者尚差五米。

剩下的距離，就是信念的較量了。

「阿晨！」

一個熟悉的聲音傳入我的耳中。

我燃燒我的生命，向天空振翅高飛——

還有十米就到終點了。

我也與藍隊的對手並排了。

我臉部的肌肉緊縮成一團，前所未見的艱辛考驗我都一一克服了，因爲我背後有一股強勁的信念驅動我前進，有一個比誰都堅定的目標，我不可能會輸的——

終於，我超過了藍隊的人。

騰空並越過了終點線。

邁向終點線的一刻，我彷彿受到一團光的簇擁，那是久違了的感覺。

「YAHOO-!」

不只是橙隊，連其他隊的人也忍不住鼓掌。

「你贏了呀！」未待嘉芙撲過來，我已經倒地不起。

「嗄……嗄……我差點以為自己快死了……」我那超越了極限的身體需要大量的氧氣。

「阿晨、阿晨！你很、很、很厲害啊！」

「水……」

「好，你等等，我替你拿過來。」

嘉芙倏地走了，又倏地在我眼前出現。

「雖然我在今年校內的運動會沒有贏到個人項目的金牌……」我喝一口水又說：「但我打算參加校際比賽，站上那邊的頒獎台。」

「我眼前有個自大狂呢！」

「哦，我還想說，贏的獎牌全給妳呢……」

嘉芙聽到我這麼說，不禁面紅耳赤。

「我相信你……」她小聲地說。

有一個人會在終點線等我，盯著我衝過終點的一剎那。

「我走不動了，妳扶我起來吧！」

「好呀……」

嘉芙和我遞手相握，她想拉起我時，我戲弄她，把她扯了下來，痛痛快快地跌了一跤。

「哎喲！妳很重呢！」

「什麼嘛！你想死嗎？」

我和她背靠背坐在跑道旁的綠地上。

仰望蔚藍色的天空，感覺煥然一新，我愜意地笑了，對天空伸出了我的拳頭。

我找到了我的新目標。

在夢想的天空下——

□

繞田徑場一圈是四百米。

既是起點，也是終點。

夢想是什麼東西，我至今仍未摸得清楚，但心中模模糊糊總算有了一個答案。

站在頒獎台上的勝利者只有一個，我們的世界也是同樣殘酷。

望著一個遙不可及的終點，甚至是一個模糊得看不見的終點，大多數人都會選擇放棄，只剩一小撮人決意繼續留在路上……而當他們害怕被人譏笑是笨蛋的時候，到最後可能都會放棄。

我們有時會羨慕，有些人贏在起跑點，他們受到上天的厚愛，感覺上你即使拚盡八輩子的努力，也無法在這場不公平的比賽中獲勝。

但，這又如何？

所謂人生的勝負，並不在於你擁有多少東西，也不在於你得到多少東西，而在於你實踐了多少連作夢也想著的事情。

那是，一些讓你垂老時引以爲榮的壯舉。

我們要相信——

在那終點線的後方，有我們一直要找尋的東西。

年輕的我們，因夢想的力量而強大！

《全書完》

天航青春愛情小說

《君子街．淑女拳》即將出版

後記

天航

《四百米的終點線》舊版於二〇〇一年的夏天出版，當時我是大學一年級。

說來慚愧，當年的我根本不懂田徑。

有幸重修此書，令我重溫不少舊夢，腦際間掠過那個在沙灣徑運動場奔跑的自己。

「寧投熊熊烈火，光盡而滅；不伴寂寂朽木，默然同腐。」

在那個炎夏，我到香港大學註冊入學，收到一間宿舍的宣傳刊物，扉頁上的這段文字深深震撼了我。我感動之餘，二話不說就繳了款，報名參加該宿舍的體驗營。後來衝動冷卻之後，我沉思了一晚，才發覺自己根本沒錢住什麼宿舍，惋嘆一聲後，就連那個體驗營也沒去了。

初上大學，我的寫作事業剛剛起步，又因爲家境問題，要嘔心絞腦地賺生活費，那時候交不到什麼知心的朋友，是我人生一段頗寂寞的日子。

直至大學二年級，我終於有了一點儲蓄，便重燃那個住宿舍的夢想。這可不是誇張，當時的我雖然傻頭傻腦的，也明白體驗寄宿生活是一生只有一次的機會。想起了那段感動的文字，便向該宿舍呈交了表格。

香港曾是英國的殖民地，對，儘管由一九九七至今我們開始被大陸同胞同化，但香港依舊留著充滿英國維多利亞時期色彩的建築物。

而我所住的宿舍名爲聖約翰學院，就是香港大學裡一幢百歲古蹟，乃英式傳統宿舍，有個《哈利波特》那種樣式的餐廳，掛著一個木雕的徽章，摸摸牆身，說不定可以和一百年前的幽靈打個招呼呢。

遭十幾個人拉住四肢施暴、找個藉口到女生樓層泡妞、深夜時分結伴繞著香港島跑一圈（38公里）、在決賽前要「剃頭」來表明決意……時間是個容器的話，回憶就如濃縮果汁般塡滿我那兩年的光陰裡。

我還糊裡糊塗加入了田徑隊。

那時期的我就像個鐵人，總是忙得團團轉，每天平均只睡四個小時。長期缺乏睡眠下，還要風雨不改到田徑場練跑，常常練到雙腿半抽搐的狀態……趴倒在床上的時候，還要趕稿，那種辛苦眞是想一想就會冒出冷汗。

但，就是那種經歷，給我留下了兩年最絢麗的回憶。

畢業以後，再回想在田徑場上衝刺的感覺，我的心依然會狂跳不已；記得那時和田徑隊的夥伴跑上太平山（對，就是那個旅客乘纜車上去的旅遊景點太平山山頂），有次氣溫僅有六度，下山時身子是熱的，但四肢卻冷得像冰棒一樣。

在香港大學畢業的學生，應該都懂得「搏盡」一詞。此詞出自港式中文，大致上就是「拚命到極限」的意思。

大學生讀書只求成績就好了，二十歲矣，還那麼拚命爲比賽練習幹嘛？

那時候，只以爲是爲了那堆獎牌、爲了榮耀、爲了逞威風……

驀然回首，才明白是爲了那些共同產生的回憶。

畢業時，我擁有一班可以稱兄道弟的朋友，我是笑著離開大學校園的。

人生、目標、夢想……這些都是大家躺在田徑場上會說的話題。

並肩作戰，直至一同倒下爲止——

直到那一刻，我才眞正懂得田徑了。

儘管很多人喜歡我寫的勵志小說，但捫心自問，我從來都是一個悲觀的人，曾經判斷自己即將完蛋，灰心得連個人網誌也不想更新了……不堪的我，一股腦兒就將心中的想法寫出來，無意間傷害過一些很支持我的讀友。

在台灣出道了一年，收到台灣出版社給我的成績表。

讀到銷量數字的一刻，彷彿有一條名爲「希望」的光柱照射在我的身上……雖然比起很多大作家，那數字沒什麼了不起，但我不由得相信，我只要肯拚下去，還是可以幹出一番事業。現在來說，單靠香港的讀者我無法生存，單靠台灣的讀者我無法生存，但有了香港和台灣讀者的支持，我還是可以繼續生存的——以作家的身分繼續生存。

眞的很感謝所有台灣讀友。

全靠您們，救了一個名爲天航的作家。

我終於確信，路果然是要靠自己踏出來的。

作家本來就是要燃燒自己生命的職業。

我有時在想，像我這樣的怪作家怎可能成功呢？

寫得比我好的作家比比皆是，我在寫作的技藝上仍充滿雜質……要說令我有讀者緣的重要因素，那就是我對夢想的執著和拚勁吧！

熬過了一道道的關卡，從投稿到成書，從純愛小說到題材多元化，從自資出版到登陸台灣……

我總算證明了，我可以用自己的文字感染很多人。

不論是田徑，抑或是寫作，其實都是心的戰鬥吧？貫徹始終。

夢想只會賞賜給永不放棄的平凡人。

是人選擇了夢想，也是夢想選擇了人。

哪怕我寫的東西依然很爛，維護夢想是我和大家一同做的事。

可以的話，請陪伴我走下去，讓我將我的夢想交託到大家的手中。

並肩作戰，直至一同倒下爲止——

未來，請大家繼續賜予我力量！

（我在facebook上有群組啊，歡迎所有台灣朋友加入，可在facebook上搜索「天航」或按一按我部落格上的連結。）

國家圖書館出版品預行編目資料

四百米的終點線 = Beyond the finish line
／天航 著. ——初版.——台北市：蓋亞文化，
2010.10-
面；公分. ——（阿米巴系列；1）
ISBN 978-986-6157-00-4

850.3857　　99016167

悅讀館 RE227

400米的終點線
Beyond the Finish Line

作者／天航（KIM）
插畫／kim minji
封面設計／克里斯
企劃編輯／魔豆工作室
電子信箱◎ thebeans@ms45.hinet.net
出版社／蓋亞文化有限公司
地址◎台北市103赤峰街41巷7號1樓
電話◎（02）25585438　傳真◎（02）25585439
網址◎ www.gaeabooks.com.tw
電子信箱◎ gaea@gaeabooks.com.tw
部落格◎ gaeabooks.pixnet.net/blog
投稿信箱◎ editor@gaeabooks.com.tw
郵撥帳號◎ 19769541　戶名：蓋亞文化有限公司
總經銷／聯合發行股份有限公司
地址◎台北縣新店市寶橋路235巷6弄6號2樓
電話◎（02）29178022　傳真◎（02）29156275
初版一刷／2010年10月
定價／新台幣 250 元
Printed in Taiwan

ISBN／978-986-6157-00-4

GAEA

GAEA